http://www.bbulmedia.com

묵혈위사 墨血衛士

묵혈위사

1판 1쇄 찍음 2011년 9월 6일
1판 1쇄 펴냄 2011년 9월 8일

지은이 | 임홍준
편저 | 뿔미디어 기획실
펴낸이 | 정 필
펴낸곳 | 도서출판 **뿔미디어**

기획총괄 | 이주현
기획 | 한성재
편집장 | 이재권
편집책임 | 심재영
편집 | 문정흠, 이경순, 주종숙, 이진선
관리, 영업 | 김기환, 임순옥

출판등록 | 2002년 9월 11일 (제1081-1-132호)
주소 | 부천시 원미구 상동 533-3 아트프라자 503호 (우)420-861
전화 | 032)651-6513 / 팩스 032)651-6094
E-mail | BBULMEDIA@paran.com
홈페이지 | www.bbulmedia.com

값 8,000원

ISBN 978-89-6359-928-1 04810
ISBN 978-89-6359-492-7 04810 (세트)

※파본은 본사나 구입하신 서점에서 교환하여 드립니다.

※이 책은 (도)뿔미디어를 통해 독점 계약되었습니다.
저작권법에 의해 보호를 받는 저작물이므로 무단 전재와 무단 복제를 엄금합니다.

임홍준 신무협 장편소설

묵혈위사

墨血衛士

5

묵혈(墨血)

뿔미디어

목차

第一章 백팔나한진(百八羅漢陣) ● 9
第二章 수호신승(守護神僧) ● 53
　　第三章 탈태(脫態) ● 89
第四章 묵혈신검(墨血神劍) 上 ● 125
第五章 묵혈신검(墨血神劍) 中 ● 161
第六章 묵혈신검(墨血神劍) 下 ● 197
第七章 형제조우(兄弟遭遇) 上 ● 233
第八章 형제조우(兄弟遭遇) 下 ● 263

이 책을 故 임홍준 작가님의 영전에 바칩니다.

— 뽈 미디어 기획실 —

第一章

백팔나한진(百八羅漢陳)

댕! 댕! 댕!
 평온하던 산사의 청정은 때 아닌 타종소리와 함께 깨어졌다. 길게 이어지는 타종소리는 소림에 변고가 생겼음을 알리는 소리였다.
 그것은 곧 잠잠하던 소림을 깨우기 시작했다.
 여기저기 수련과 참오에 열중이던 승들이 제각기 계도나 선장을 들고 뛰쳐나왔고 심지어 제법 위치가 되는 원로들마저 소리가 들리는 곳을 향해 몸을 날렸다.
 그만큼 타종소리가 남긴 파문이 컸다.
 보통의 일이었다면 몇 번 울리다 말아야 할 타종소리

가 계속 이어지고 있음이 의미하는 바는 하나였다.

지금 소림 내부에서 일어나고 있는 일이 결코 심상치 않음을 알리는 소리였던 것이다.

대저 누가 소림에서 행패를 부린단 말인가!

웅크리고 있으나 소림은 언제나 강자였다.

강자의 자격이란 것이 무수히 많은 도전을 이겨낸 것이라 할지라도 소림에서 지금 일어나는 일은 누구도 생각지 못한 일이었다.

게다가 이는 그간 자중하던 소림의 자존심을 무참히 밟는 사태이기도 했다.

"대체 누가!"

불호성을 터트리며 신형을 분분히 날리는 광효의 기색이 심상치 않은 것도 그런 까닭 때문이었다.

더군다나 여타 소림의 고승과는 달리 젊을 때부터 그 괄괄한 성정으로 마불이라고까지 불렸던 광효였으니 그 기세가 거친 것 역시 당연한 결과였다.

아니 그것이 아니더라도 광효의 입장에 현 사태는 간과할 수 없는 일이기도 했다.

소림이 언제나 위기에 처했을 때 최후의 보루로 존재했던 나한들을 이끄는 수장으로써 이는 심각한 문제였다.

 그러니 문제가 터진 곳으로 움직이는 광효는 몇 번이나 주먹을 쥐었다 폈다 하고 있었다.

 마음 같아서는 당장이라도 치도곤을 치고 싶었지만 문제가 생긴 곳과 거리가 조금 있다 보니 제 화를 삭이는 것조차 쉽지 않아서다.

 이윽고 문제가 일어난 곳에 도착했을 때 그 화는 이미 절정에 달해있었고 광효의 두 눈에서는 불꽃이 튀었다.

 "네 이놈!"

 광효는 사태가 일어난 광경을 보자마자 바닥을 박찼다.

 이는 도저히 참고 차분히 풀어낼 성격의 일이 아니었다.

 대저 고래로 그 뉘가 있어 이리도 무도한 자가 소림에 난입한 적이 있던가.

 단연코 단 한 번도 없었다.

 아니 그것을 떠나 소림사 경내에서 소림의 일원을 인질로 잡았던 것 자체가 씻을 수 없는 굴욕적 일이었다.

 게다가 다른 이도 아니고 다름 아닌 자신의 사제인 광해가 상대에게 겁박당하고 무도한 자의 손에 목이 잡힌 채 대롱대롱 매달려 있는 모습을 보고 어찌 참을 수 있으랴.

"슉—!"

절정에 이른 연대구품의 속도는 광효가 상황을 인지한 순간 그 즉시 묵현 바로 앞으로 그의 신형을 쏘아 보냈다.

"그 손을 놓지 못할까!"

이어 쩌렁쩌렁 울리는 고성이 그 뒤를 쫓았다.

부동의 정화가 오롯이 담겨진 연대구품의 움직임은 분명 신묘했다.

하나 문제라면 그 상대가 하필이면 당대 묵혈위사인 묵현이었다는게 문제였다.

한 번의 탈각을 이뤄낸 묵혈지안의 공능 앞에 그 어떤 현란한 변화도 무용이라 할 수 있었다.

게다가 이미 무수히 많은 혈투를 통해 또 한 번 성장한 묵현의 묵혈지공은 명경지수와도 같이 냉정함을 유지하게 해 주었다.

그러니 광효의 신형이 채 묵현에게 닿기도 전에 이미 그 움직임은 파악된 이후였다.

스륵.

묵현은 가볍게 한 발자국 움직임으로 상대와 자신의 간격을 바꿔버렸다.

그것은 이미 싸움이 일어나기도 전에 묵현의 승리가 확실시 되는 상황이 만들어졌다는 말이었다.

일반적으로 무인들 간의 겨룸에 있어 중요시되는 것이 바로 이 '거리' 다.

자신에게 유리한, 혹은 자신의 무공에 가장 적합한 거리로 상대를 끌어들이는 것부터 승패의 가늠이 시작된다고 할 수 있기 때문이다.

그렇기에 무공에 보법이 필연적으로 생겨나게 된 것이기도 하다.

묵현은 지금 바로 그 '거리' 를 단순한 움직임 하나로 자신의 것으로 만들어버린 것이다. 그리고 곧바로 이어진 그의 공격은 자신이 만들어낸 거리를 가장 효율적으로 사용한 움직임이었다.

슉—.

촌음을 가르는 검의 궤적은 빛과도 같은 번쩍임을 낳았다. 절정의 기량에 이른 묵룡섬이 순간 공간을 점하고 광효를 노리고 쏘아졌다.

이는 단 한 번에 상대의 숨통을 끊을 수도 있는 시의

적절한 묵현의 한수였다.

"헉!"

광효역시 그런 묵현의 공격 앞에 다급하게 신형을 틀었지만 이미 공격을 완전히 피하기에는 늦었다.

그것도 소림이 자랑하는 부동의 신법, 연대구품이었기에 가능한 일이었지 그렇지 않다면 감히 피할 엄두도 내기 어려웠을 것이다.

그리고 짧은 순간 잠시나마 상대의 공격을 벗어나려 움직인 덕분에 약간이나마 상쇄할 수 있는 틈이 생겼다.

광효는 지닌바 무공만으로 나한전주가 된 경지에 이른 무인이었기에 그 약간의 틈을 허투루 보내지 않았다.

아니 오히려 반격의 실마리를 만들겠다는 생각으로 그가 가장 자신있어하는 수법을 꺼내들었다.

쩌정!

쇳소리가 격하게 터지며 묵현의 검과 광효의 손 사이에 불꽃이 튀었다.

절정에 이른 대력금강수의 위력은 실로 대단했다.

묵현이 가장 자신있어하고 즐겨 쓰는 수법인 묵룡섬을 단번에 부셔버렸을 뿐 아니라 그 반발력을 거세게 밀어냈다.

휘릭.

그 충격도는 쉽게 무시할만한 수준이 아니었다.

묵현이 재빨리 뒤로 물러서며 검을 털어냈지만 여전히 힘의 여파가 남아있었다.

하나 묵현은 그런 상대의 반격에도 마음이 흔들리거나 그렇지는 않았다.

이미 어느 정도 예상했던 결과다.

아니 한 번의 공격으로 모든 것이 끝날 것이라고는 기대도 안 했고, 부동의 마음은 여전히 그 철벽을 굳게 세우고 있었기에 이 한 번의 부딪침은 단지 앞으로 있을 격전에 대한 서전일 뿐이었다.

"이 놈!"

하지만 평온한 묵현에 비해 광효는 그렇지 못했다.

자신의 공격이 실패한 것도 그렇고 낭패를 본 것 역시 마음에 들지 않았다.

게다가 무엇보다 상대인 묵현이 여전히 사제인 광해의 목줄을 움켜쥐고 있다는 사실이 거슬렸다.

그래서 불가의 고승이라는 위명에 걸맞지 않게 광효의 노성은 살기를 띠고 있었다. 게다가 이어진 광효의 움직임은 마치 선불 맞은 멧돼지 같았다.

씨익.

그 광경을 보던 공만구가 고개를 저으며 입가에 미소를 베어 물었다.

"끝났군."

사실 처음에야 소림사에서조차 거침없는 묵현 덕에 긴장하고 있었지만 막상 시간이 지나니 점차 마음이 편안해지고 있었다.

아무래도 그간 담이 제법 커진 모양이다.

게다가 이제는 딱 봐도 뭔가 보이는 게 생겼다.

지금 일어나는 싸움의 승패역시 충분히 예상되고 있으니 더더욱 긴장이 풀어졌다.

"당연한 일이었어."

고하연이 그런 공만구의 말을 받으며 무심한 어조로 말했다.

사실 고하연 입장에서 볼 때 묵현이 누구에게 진다는 것은 상상도 하기 어려운 일이었다.

지금껏 본 것만 해도 그가 어떤 인간인지 인식하는 데는 충분하다. 그리고 질릴 만큼 봤던 묵현의 모습은 절대 부러지지 않을 철벽과도 같았다.

그러니 그런 그가 패한다는 것은 상상도 되지 않는다.

"그, 그건 그, 그, 그래."

그것은 고방곤 역시 마찬가지였다.

비록 말을 더듬고는 있지만 마음으로 느끼는 묵현의 그림자는 무척이나 거대했다. 그리고 그것은 고방곤에게 어떤 확신과도 같은 믿음을 주었다.

이는 비단 이들만 그렇게 생각하는 것은 아니었다.

나머지들도 표현하지 않았을 뿐이지 충분히 공감하는 이야기였다.

괜히 묵가 역사상 최고의 기재라고 평가받는 게 아닌 것이다. 그러다보니 자연 묵룡위들은 자신도 모르게 약간 긴장이 풀어져있었다.

문제는 바로 이런 묵룡위의 안일함에서부터 시작되었다.

아니 이들의 풀려버린 마음이 더욱 거대한 적의 등장을 가져왔다.

쾅!

그것은 광효를 상대하던 묵현의 미간을 찌푸리게 했다.

언제부턴가 대치하던 무승들 사이로 제법 그 무위가 낮지 않은 이들의 모습이 보이기 시작하더니 어느새 그들의 숫자가 도합 백 여덟에 달하고 있었던 것이다.

 묵현은 그런 상황을 파악하는 순간, 공효를 공격하던 손속에 더욱 힘을 주어 몰아쳤다.

 이미 뒤가 예상되는 이상 속전속결로 승패를 결정지을 필요가 있었다.

 으득.

 묵현은 이를 갈며 묵룡사조를 향해 살기를 쏘아 보냈다. 그리고 이번 일이 끝나면 더욱 수련의 박차를 가해야겠다고 생각했다.

 만약 묵룡사조가 방심하지 않고 미리 대처했더라면 장내에 어느새 운집한 이들의 맥을 초반에 끊어버렸을 수도 있었다.

 그렇지 못했다는 것 자체가 실책이라 할 수 있었다.

 아무래도 느껴지는 기감으로 보아 연상되는 것이 하나 있었다.

 백팔나한진.

 소림이 만들어낸 천고의 절진.

 불가 무공의 총화가 꽃을 피워낸, 병가를 뛰어넘는 수비진의 존재가 바로 그것이었다.

 그래도 아직까진 여유가 있었다.

아니 지금은 눈앞의 상대에 집중해야 했다.

묵현은 잠시 머리를 메우던 생각을 털어내고는 이내 광효만을 마음에 가득 담아냈다.

절정에 이른 묵혈지공의 공능이었다.

일체의 잡념을 허하지 않는 이 절대의 심공이 지닌 효용은 그것만이 아니었다.

묵혈지안과 서로 반응해 그 시계의 확장을 가져왔다.

시계가 확장된다는 것은 단순한 의미가 아니었다.

전체를 아우를 수 있음이니, 쉽게 상대의 공격에 현혹되지 않음을 의미했다.

덕분에 광효가 펼치는 절정의 연대구품은 묵현에게 그저 단순한 움직임에 불과했고, 그가 펼쳐내는 다양한 불가의 무학들 역시 그 흐름을 꿰뚫어 보게 만들었다.

그러니 실체가 묵현의 두 눈에 들어왔고, 이는 묵천혈경에서 얻은 지식들은 상기하게 해 주었다.

불문의 무공이 지닌 정의는 대자대비, 즉 자비에 비롯된다. 그렇기에 실제 소림의 무공에는 언제나 마지막 순간 허점이 내포되어 있다.

이는 애초 무공을 만들 때부터 상대의 살상을 저어한 결과 생겨난 허점이기 때문에 무공의 완성도와는 상관없는 부분이었다.

 문제는 이 허점이 소림 무공의 약점으로 작용할 수 있다는 것이다.

 묵천혈경에는 바로 그 허점을 이용할 수 있는 몇 가지 수단이 적혀있었다.

 아니 묵천혈각, 그 존재 자체가 소림 무공과 지독한 상극을 이루고 있었으니 묵현에게 광효를 쉽게 상대할 방도는 이미 준비된 것이라 봐야 했다.

 휘릭—.

 길게 감아 차올리는 묵현의 다리가 허공을 가른 것은 그러한 광효의 움직임을 분석한 그 직후였다.

 비틀!

 잔영을 뿌리며 공간을 비틀어버린 역도 앞에 광효의 신형은 흔들릴 수밖에 없었다.

 그것은 연대구품의 변화가 만들어낸 교묘한 허점을 묵현이 그대로 노리고 들어갔기 때문이다.

 발이 꼬이니 자연 광효의 신형이 흔들릴 수밖에 없었고, 묵현은 그것을 놓치지 않았다.

 스윽—.

 바닥을 쓸며 원을 그린 다리가 광효의 하체를 노렸다.

퍽!

짧게 울리는 타격음.

동시에 광효의 신형이 지면을 벗어나 허공에 떴다.

그것이 시작이었다.

필살의 기예라 일컬어지는 묵혈마각의 연환기는 그 단순한 시작을 바탕으로 무참히 광효의 신형을 두들기기 시작했다.

이는 피한다고 피할 수 있는 성격의 공격이 아니었다.

철저히 상대의 급소를 파괴하는 공격들의 흐름 앞에 광효의 신형은 그물에 걸린 물고기와 같았다.

퍽! 퍽! 퍽! 퍽!

끝없이 이어지는 현란한 발그림자 앞에 허공을 물들이는 것은 광효의 핏자국이었다.

그러나 실제 치명타는 존재하지 않았다.

묵현 스스로 공격을 함에 있어 사정을 두었기 때문이다.

사실 소림과 갈등을 빚은 지금, 그 이유는 광해가 했던 말 때문이지 딱히 서로 원한 살 이유가 없었다.

게다가 일이 이렇게 커질 이유도 어떻게 보면 사실 존재하지 않았다.

단지 광해가 자신의 동생에 대해 이야기를 했고, 그 과정에서 묵현 자신이 분노해 일을 키웠을 뿐이다.

정확히는 묵현의 성격 때문에 일어난 사건이다.

만약 묵현이 좀 더 그 기질을 죽이고 나섰다면 일어나지도 않았을 일이다.

그렇다보니 묵현 역시 차마 상대에게 살수를 쓸 수는 없었던 것이다.

부러질지언정 굽힐 수 없다는 고집이 만들어낸 일치고는 그 정도가 심각해지기는 했지만 말이다.

덕분에 광효는 목숨을 건질 수 있었다.

하나 그렇다고 하더라도 묵혈마각이 지닌 힘은 그리 간단치 않다.

생명을 해치지 않았지만 그 내재된 파괴성은 여전했다.

비명도 지르지 못하고 묵현의 공격에 노출된 광효의 표정만 봐도 그가 얼마나 고통스러워하는지 알 수 있을 지경이었으니 말이다.

쾅!

이윽고 묵현의 공격이 정점을 지나 그 마지막을 고했을 때 광효의 신형은 걸레처럼 만신창이가 되어 뒤로 통겨졌다.

"컥!"

뒤로 퉁겨진 광효는 그제야 고통을 호소하는 단말마의 비명을 토해냈다.

이내 충격을 감당하지 못한 광효의 정신이 기절에 이르렀고 순간 사위가 조용해졌다.

광효가 누구던가.

비록 마불이라 불릴 정도로 그 성정이 화급하고 손속이 과한 만큼 그 무위 역시 일절이라 불려도 모자랄 고수가 아니던가.

게다가 그가 당대 나한전주였다.

소림을 대표하는 나한전주의 무위가 낮을 리 만무했으니 지금 무승들이 받은 충격은 적지 않았다.

잠깐의 정적은 그런 그들의 심사가 만들어낸 작은 침묵의 시간이었다.

그때였다.

"갈!"

웅혼한 불문의 사자후가 말을 잊을 정도로 충격에 빠진 무승들의 정신을 일깨웠다.

하얀 수염을 길게 늘어뜨린 노승이 장내로 들어섰다.

백팔나한진(百八羅漢陳)

"뭣들 하는 것이냐! 어서 모시지 않고!"

모습을 드러낸 노승이 먼저 한 것은 광효의 처우에 대한 지시였다. 그리고 그 일을 끝마친 후 묵현을 향해 예의 소림 특유의 반장을 해 보였다.

"아미타불, 계율원을 책임지고 있는 광천이라 합니다. 시주께선 그 아이를 놓아주시지요."

아직까지 묵현의 손에는 광해의 목 줄기가 잡혀있었던 것이다.

묵현은 광천의 요청에 잠시 생각하다 광해를 구속하고 있던 손을 풀었다.

상대가 정중히 나온 이상 이쪽도 그 성의를 보일 필요가 있었다.

아니 비록 자신의 성격 때문에 생긴 일이지만 그렇다고 서로가 적으로 돌아설 일은 아니었다.

묵현이 광해를 풀어주자 대기하고 있던 무승들이 재빨리 다가와 부축했다. 그리고 서둘러 장내를 벗어났다.

행여나 무슨 일이 있을까봐 잔뜩 긴장한 그들의 모습에 묵현은 속으로 자신이 너무 과했음을 인정했다.

하지만 묵현을 그것을 애써 표정에서 지워냈다.

이미 벌어진 일을 구차하게 변명하고 싶지는 않았다.

광천은 그런 묵현의 기색을 살피며 그 심사를 짐작할 수 있었다.

소문처럼 참으로 오만했으나, 그렇다고 악인은 아니었다. 하나 그것은 그것이고 지금의 일은 다르다.

제아무리 그렇다고 하더라도 소림이 묵현을 이대로 보내줄 수는 없는 일이다.

그것은 한 개인에게 소림이 굴복했다는 의미와 같았기 때문이다.

이는 단순한 문제가 아니었다.

소림이 무림에 한 발을 걸치고 있는 이상, 지금과 같은 상황을 간과할 입장일 수 없다.

아니 지금과 같은 때 그에 따른 제제가 있어야만 한다. 그게 무림의 생리요, 무림을 살아가는 세력이 행해야 할 모범적 자세다.

그리고 소림 역시 그것과 무관할 수 없으니 마땅히 묵현에게 그 책임을 물어야 한다.

"아미타불."

하나 그것이 내키지는 않았다.

아니 애초 광효와 그 성정이 다른 광천이어서 그랬다. 불가의 고승에 어울리는 광천의 마음은 오히려 묵현의 행동을 이해하자고 말하고 있었다.

 사람을 때론 내키지 않아도 해야 할 일이 있는 법이다.

 광천에게 지금이 바로 그 경우였다.

 "소림은 먼저 칼을 겨누지 않으나 그렇다고 남에게 핍박을 받지도 않는다! 모두 산개하여 진을 펼쳐라!"

 광천은 결국 스스로의 마음을 억누르고 그가 지금 행해야 할 일을 했다.

 그것은 묵현에 대한 적절한 징계였다.

 "아미타불!"

 도합 백 여덟의 무승들이 일제히 불호를 외치며 각자가 맡은 방위로 몸을 날렸다.

 사실 이때까지만 해도 묵현은 별 생각이 없었다.

 막으면 벤다!

 지금까지 그렇게 살아왔고, 또 그것에 관해서는 단 한 번도 타협해 본 적이 없다.

 그런데 막상 무승들이 각자의 손에 봉을 들고 일제히 그 기세를 터트리는 순간 묵현은 자신의 안일했던 대처를 후회했다.

 괜히 무림에서 소림을 떠올릴 때 동시에 백팔나한진

을 떠올렸던 것이 아니다.

지금껏 쉽게 물러서지 않았던 절대의 진은 그 기세가 너무도 틀렸다.

꿀꺽.

마른 침이 목가를 간질인다.

솜털이 바싹 서며 온몸이 긴장으로 팽팽히 당겨졌다.

물러서야 했나하는 후회감이 들 정도로 무승들이 만들어내는 기세가 공간을 압도하고 있었다.

그렇다고 이제와 고개를 숙이고 싶은 생각은 없었다.

지금까지 그렇게 살아왔고, 또 그리 사는 게 자신이다.

묵현은 이를 악물었다.

더군다나 지금 혼자만 이 자리에 서 있는 것도 아니다. 그리고 순간 상대의 기세에 압도되었지만 그렇다고 겁을 먹지는 않았다.

아니 겁먹을 이유가 없었다.

묵천혈경.

묵가의 감추고 싶은 치부지만 분명 묵천혈경은 묵가를 지탱할 또 하나의 힘이다. 그리고 묵천혈경에는 소림의 백팔나한진에 대하여도 자세히 그 파훼법까지 기술하고 있다.

 파훼법을 안다고 다 파훼할 수 있는 게 아니지만 자신들만으로 시도하는 것이 불가능한 일도 아니다.

 게다가 자신의 뒤를 받치고 있는 묵룡위 역시 예전의 햇병아리들이 아니다.

 아니 햇병아리가 뭔 말인가.

 오히려 고수 축에 든다고 봐야 했다.

 단순히 그것만 해도 능히 가능성이 보이는데, 이들은 다름 아닌 자신이 직접 한계에 한계를 몰아넣으며 조련시키지 않았던가.

 이 정도면 충분했다.

 그리고 묵혈위사만이 지닌 공능역시 이 싸움의 승패를 결정짓는데 도움이 될 것이다.

 과거의 한계를 넘어선 절대의 부동지안, 묵혈지안이 그것을 가능케 하리라 생각했다.

 잔잔한 수면 위에 물방울 하나가 떨어지면 순간 파문이 일며 수많은 동심원이 겹쳐지며 생겨난다.

 백팔나한진은 바로 이 동심원이 겹쳐진 것과 같은 구조를 가지고 있다.

 아홉 명이 하나의 작은 소 나한진을 형성하고 그러한

소진들이 넷이 모여 중 나한진을, 중 나한진 셋이 모여 대 나한진 하나를 만들어내는데 백팔나한진은 바로 이 대 나한진을 지칭하는 다른 단어이다.

즉, 다시 말해 백팔나한진은 작은 나한진들의 집합이라 할 수 있는데 이 작은 나한진의 기본 형태가 하나의 원을 형성하고 있기 때문에 힘의 응집이나 그 수비적 방어의 기법이 여타의 진과 그 궤를 달리하는 것이라 할 수 있다.

이는 묵현이 본 묵천혈경에 서술된 나한진에 관한 사항이었다.

물론 일반적으로 알려진 백팔나한진에 대한 이야기와는 그 궤가 다른 해석이기는 했다.

사실 흔히 알려지기를 백팔나한진의 기본 원형이 되는 진은 십팔나한진이라 알려져 있다.

하지만 묵천혈경은 그것을 더 작은 집단으로 나누고 있는 것이다.

그리고 묵천혈경은 바로 이 나한진들의 중첩된 집합에서 그 파훼법의 단초를 생각해 냈는데 묵현 역시 읽으며 공감이 갔던 부분이다.

십팔나한진이 기초가 된다는 발상보다는 오히려 이쪽

이 더 효과적인 접근방식이지 않을까 생각했다.

완벽을 뜻하는 숫자 구(九).

이미 아홉이라는 숫자만으로 충분히 완벽해진 상황에서 그것을 다시 이중으로 중첩하는 것 자체가 진의 확장이라 생각되었다.

즉, 사람들이 일반적으로 알고 있는 십팔나한진 자체가 이미 확장된 형태라는 것이다.

다시 말해 십팔나한진 역시 두 개의 원이 중첩되어 그 힘을 배가 되게 만든 형태라는 소리다. 그랬으니 지금까지 이 나한진이 명성을 유지하고 있었겠지만 말이다.

원과 원의 중첩과 집합.

어떻게 보면 참으로 단순한 묘리였지만 소림은 이를 놀라운 수법으로 진화시켜 놓았으니 과연 불가 무공의 정화가 숨 쉬는 곳이라 해도 과언이 아니리라.

묵현은 새삼 명가가 지닌 전통의 힘이란 바로 이런 부분이 아닌가하는 생각이 들었다.

누대에 걸쳐 무수히 많은 계량과 발전을 거듭했을 게 분명해 보이는 백팔나한진의 움직임은 능히 그리 느껴도 좋을 움직임을 보여주고 있었다.

아니 애초 처음 이 아홉의 집단을 중첩하겠다고 생각

한 이인(異人)이 선대에 존재했다는 것이 놀라운 일이라 할 수 있다.

오랜 시간 전승되어 왔을 비밀의 숫자.

묵현이 생각할 때 이 백팔나한진에 숨겨진 구라는 수를 찾아낸 이 역시도 대단했지만, 그것보다 구라는 숫자의 효용을 극대화 할 방법을 만들어 낸 소림이 더 대단한 것 같았다.

누군가 구라는 수의 비밀을 전승했으니, 그 파훼법 역시 밝혀진 것일테니 말이다.

완벽함을 의미하는 숫자의 중첩.

묵현은 그 고절한 생각에 감탄하며 한편으로는 안타까운 생각이 들었다.

완벽하기 때문에 계량되고 발전되었다하지만 결국 그 원형을 거스를 수 없는 한계 역시 태생적으로 존재했으리라.

그랬으니 결국 방어적 성격에 치중하였을 것이고 제압이 목적이었을 것이다.

물론 그것 자체가 불가의 사상을 기반으로 탄생한 철학이라 그럴 수도 있지만 묵현에게 그것은 아쉬움과 안타까움이라 할 수 있었다.

여타의 절진보다 그 살상력이 현저히 떨어진다는 점은 결국 그 한계성을 여실히 드러낸 것으로 봐도 과하지 않다 생각했기 때문이다.

이것은 소림 무공이 가진 명확한 한계성이라 할 수 있었다. 묵현은 그런 이유로 지금의 승부를 그리 비관하지 않았던 것이다.

여타의 진에 비해 떨어지는 살상력과 결국 진을 뜯어놓고 보면 보이는 구의 집합들.

물론 단순히 구의 집합이 아니라 각각의 숫자가 지닌 불가식 의미가 더 있었지만 결국 핵심은 완전무결하다고 생각하는 이 아홉의 집합을 깨 부시면 결국 백팔나한진 역시 파행을 드러낼 수밖에 없다는 소리였다.

스윽.

묵현은 자신의 위치를 첨병으로 하여 묵룡사조에게 그 뒤를 맡을 것을 조용히 전음으로 지시했다.

"묵룡사조는 각자의 위치를 사수해라."

스스슥.

묵룡사조의 행동은 신속히 이뤄졌다.

무시하래야 무시할 수 없는, 아니 어느 때부턴가 자신들 모르게 생겨난 감이 있다.

그것은 바로 묵현의 심사에 대한 것이었는데 이미 한 번 지옥 입구에 머리를 들이밀었음을 알고 있는 묵룡사조였다.

이번에는 같은 실수를 해서는 안 되었다.

덕분에 잔뜩 긴장한 각자의 육체는 지금까지 보였던 그 어느 때의 모습보다도 더욱 뛰어난 극상의 속도와 움직임을 묵현에게 보여주었다.

은밀하면서도 정확한 움직임은 그간 묵룡사조의 노력이 헛되지 않았음을 증명이라도 하는 것처럼 백팔나한진에 맞서 한 치의 흔들림 없이 하나의 진형을 만들게 하였다.

끄덕.

묵현은 그런 묵룡사조의 움직임이 내심 흡족했다.

이 정도 준비라면 능히 깰 수 있다!

실제로 그럴 것이라는 확신이 생겼다.

스릉.

묵룡사조는 그런 묵현의 기색에 기뻐할 틈도 없이 곧바로 각자의 병기를 꺼내들었다.

점차 거세지는 백팔나한진의 기세가 자신들도 모르게 병기를 꺼내들게 만들었다. 그만큼 무협의 압박감이 지금 대기를 드리우며 짓눌러왔다.

 꿀꺽.

 묵현 역시 그 앞에서 자유롭지 못했다.

 자꾸만 마른 침이 넘어갔다.

 마음으로는 믿지만 확신은 할 수 없다.

 자신들만으로 과연 이 절대적 방어를 자랑하는 백팔나한진을 깰 수 있을까?

 불안한 마음이 자꾸만 머리를 헤집었다.

 그것은 아무래도 묵현 그 혼자만의 싸움이 아니었기 때문이다.

 만약 혼자였다면 절대 흔들리지 않을 절대의 부동심이 묵혈지공이다.

 괜히 철석간담이라고 하는 게 아니다.

 그런데 이번에는 다르다보니 자꾸만 손 안 가득 땀이 베어난다. 묵현 자신도 모르게 몸이 먼저 긴장을 하고 있는 것이다.

 쿵!

 이대로 있다가는 시작도 못해보고 굴복할 지경이라 묵현은 그 모든 불안을 털어버리듯 강하게 진각을 밟았다.

바닥을 울리는 둔중한 진동이 사방으로 퍼지며 묵현의 두 눈에는 방금 전까지만 해도 존재했던 불안이 날아갔다.

우우우웅—!

손에 들린 검이 그런 묵현의 기세에 동조해 울음을 토해냈다.

어차피 서로가 겨뤄야 한다면, 그 앞에 무슨 말이 필요하랴. 본래 불리한 쪽이 먼저 움직이는 법이다.

"합!"

묵현은 불문곡직 잔뜩 힘이 실린 기합과 함께 먼저 몸을 날렸다.

동시에 도합 열 두 개의 소 나한진이 유기적으로 맞물려 돌아가며 사방을 점고했다.

빙글빙글 돌아가는 원형의 흐름은 이내 거대한 흐름을 만들었고, 그것은 압도적인 힘의 집중을 의미했다.

"큭!"

진형의 선두에서 그 모든 것을 감당해야하는 묵현에게 체감되는 압박은 실로 형언하기 어려울 정도로 지독했다.

오죽했으면 답답함을 이기지 못하고 묵현 스스로 숨

을 토해낼 정도였다.

하나 묵현은 물러서지 않았다.

오히려 더욱 한 걸음 앞으로 나서며 자신의 검을 곧추세웠다.

묵현에게 후퇴란 없었다.

그것은 다름 아닌 자신이 당대의 묵혈위사이기 때문이다. 묵혈위사는 언제나 선두에서 나아가는 사람이어야지, 물러서는 이가 돼서는 안 되기 때문이다.

"후웁!"

묵현은 숨을 들이키며 내기를 폭발적으로 순환시켰다.

호흡을 통해 일어난 기세는 흐름을 타고 돌고 돌며 점차 묵공 특유의 기운을 뿜어내기 시작했다.

우우웅!

이어 절정에 이른 기운을 검 끝에 모으니 그것이 곧 검강지경이다.

검강(劍罡).

검으로 만들어 낼 수 있는 가장 단단한 경지요, 의지의 발현이 만들어낸 이적이라.

보통은 이렇게 무식하게 만들지 않는다.

그 단단함이 매력이라지만 소용되는 기운 역시 만만

치 않기 때문에 묵현은 꼭 필요한 경우가 아니면 드러내고 기운을 뿜어내는 무식한 짓을 안 한다.
 그럼에도 불구하고 이렇게 일부러 기운을 드러낸 것은 일종의 기세 싸움이다.
 무릇 모든 싸움은 기세로 시작해 기세로 끝맺음을 한다.
 기세에서 물러서면 그 이후 일어날 싸움에서 제 실력을 발휘할 수 없고, 주눅 든 근육은 언제고 실수를 만들 수밖에 없다.
 그렇기 때문에 보통 이런 집단전에서는 수장의 기세가 가장 중요하다.
 묵현이 지금 자신의 기운을 뿜어낸 것은 그런 이유 때문이었다.
 자신보다는 묵룡사조의 기세를 북돋아주고 위함이었기에 실상 그 효용성은 그리 크지 않았다.
 하지만 그것은 어디까지나 경지, 그 위를 바라보는 이들 사이에서의 이야기였고, 일반적인 무인에게는 꽤나 효과적인 행동이라 할 수 있었다.
 "검강……!"
 누군가의 입에서 신음처럼 흘러나온 소리처럼 묵현이

보인 검강은 쉽게 볼 수 없는 기경할 무위라 해야 했다.

그것이 묵빛으로 찬란히 빛나는 검강이었기에 무승들이 느끼는 위압감은 남달랐다.

천년 소림을 대표하는 당대의 나한들이었지만 그런 그들 역시 묵현이 지금 뿜어내는 것과 같은 위압감을 마주했던 경험이 없었기 때문이다.

묵현은 그런 상대의 반응을 보며 자신의 의도가 먹혔음을 느꼈다.

"합!"

그렇다면 망설일 이유가 없다.

기세를 탔을 때는 멈추지 않아야 한다.

묵현의 입에서 기합이 토해졌고, 뒤를 이어 그의 손에 들린 검이 길게 공간을 갈랐다.

차자장.

동시에 지금까지 놀람을 표하던 무승들이 언제 그랬냐는 듯 각자의 봉을 들어 공격을 제지하기 시작했다.

낭창낭창 휘어진 봉들이 모이고 모여 짓누르는 힘이 배가 되니 그 위력은 감히 검강이라고 해도 무시할 수준이 아니었다.

아니 티끌모아 태산이라 했던가.

모이고 모인 힘이 거대한 박력을 뿜어내며 절정에 이른 검강을 부셔버렸다.
쩡!
그것은 마치 유리가 깨져나가듯 공간에 분분히 흩어지며 명멸했다.
묵현은 그 반발력을 고스란히 자신의 몸으로 감당하며 더욱 한 걸음 가까이 다가섰다.
사실 이 정도일 것이라고는 예상 못했지만 애초에 어느 정도 상대에게 제압을 당하리라고는 생각했었다.
검강이 깨져나갈 수 있다는 것에는 놀랐지만 말이다.
그리고 사실 묵현이 의도한 바는 단지 검강이 아니었다.
'거리', 그 어느 때나 중요한, 상대와 사이에 존재하는 무형의 거리를 자신의 것으로 만드는 것이 목적이었기에 멈춤은 없었다.
묵룡사조 역시 그런 묵현의 의도를 파악하고 있었기에 자연스레 그 뒤를 쫓았다.
묵현은 그 와중에도 극성에 이른 묵혈지안을 통해 상대가 뿜어내는 기운의 흐름을 파악하려 하고 있었다.
원과 원이 겹쳐지며 돌아가는 백팔나한진을 깨는 데

있어 선결되어야 할 부분이 무엇보다 그것이었기 때문이다.

세상에 있어 절대 완벽은 존재하지 않는다.

백팔나한진이 완벽을 뜻하는 숫자 구의 집합이라고 하더라고 그것은 어쩔 수 없다.

서로가 같은 심공을 익히고, 또 진을 통해 그것을 소통하여 중첩의 묘를 살려도 필연적으로 빈틈은 생길 수밖에 없다.

그것은 결국 진을 펼치는 주체가 사람이기 때문이다.

이 세상에서 똑같은 사람은 존재할 수 없다.

쌍둥이조차도 그러할 진데, 하물며 생판 남이라면 그 차이는 더욱 커질 수밖에 없다.

물론 수련을 통해 그 간극의 차이를 줄일 수 있지만 없애는 일은 불가능하다.

지금 묵현이 찾으려는 것도 그랬다.

한 곳의 기운이 승하면 또 다른 곳의 기운은 그렇지 못하다.

그것이 틈이 되어줄 것이다.

특히나 백팔나한진의 경우 바로 이 틈이 가장 치명적 약점이 될 수 있다.

기운의 흐름 상 약해지는 부분!

 바로 그 부분을 부셔버리는 순간, 제 아무리 치밀한 백팔나한진이라고 하더라도 더 이상 진을 유지할 수 없는 법이다.

 하나 과연 명불허전이라 해야 하나.

 쉽게 그 틈을 찾기는 어려웠다.

 그것은 제아무리 묵혈지안이라도 해도 어쩔 수 없는 일이었다.

 덕분에 지금은 일단 찔러볼 수밖에 없다.

 쾅!

 묵현의 신형이 빨라지고 그 손속이 과해졌어도 그것은 변하지 않는 현실이었다.

 그럼에도 묵룡사조는 함부로 경거망동하지 않았다.

 한번! 단 한번!

 묵룡사조는 그 한번, 묵현이 만들어 줄 최고의 기회를 노리고 지금은 힘을 응축하고 기다릴 뿐이었다.

 이는 묵현에 대한 절대적 믿음이 있기에 가능한 일이었다. 그렇지 않았다면 당장이라도 자신의 검들을 휘둘렀을 것이다.

 백팔나한진이 만들어낸 압박은 그만큼 무겁고 위협적

이라 할 수 있었다.

어디 그것만이겠는가.

저절로 일어난 기세가 피부를 저밀만큼 날카롭게 그 날을 벼르고 있었으니 절로 솜털이 곤두설 지경이었다.

그럼에도 묵룡사조는 스스로를 다잡았다.

콰쾅!

부딪침은 이어졌고 이 지독한 대치 역시 끝없이 계속되고 있었지만 아직까지는 흔들리는 이가 아무도 없었다.

그것은 백팔나한들도 그랬고, 묵현과 묵룡사조도 그랬다. 등가가 축축해질 만큼 정신적 피로감이 몰려왔지만 지금 상황에서는 그 누구도 물러설 수 없었다.

이미 상황은 기호지세라 할 수 있었다.

"훅, 훅."

덕분에 천하에 적수가 없을 것 같은 묵현 역시 조금 지쳤다. 과거 북천성에서 있었던 일과는 또 다른 피로감이 몰려왔다.

무엇보다 상대를 제압하되 살생은 최대한 피해야 하기 때문에 가지는 피로감이 컸다.

차라리 그냥 죽이고 베는 일이었다면 조금이나마 나

앉을 지도 몰랐다.

하지만 지금은 그렇게 할 일이 아니었기에 최대한 살생을 피하면서도 상대를 제압하려하니 더더욱 버겁다.

꾸욱.

묵현은 잠시 헐거워졌던 주먹을 다시 쥐며 잠시잠깐의 피로를 털어버리려는 것처럼 더더욱 공세를 펼쳐나갔다.

콰콰쾅!

찰나를 노리고 들어가는 무수히 많은 검의 그림자가 사방을 매웠다.

묵현의 얼굴에는 그에 비례해 점차 굵은 땀방울이 맺히기 시작했다.

가중된 피로감이 더욱 묵현의 양 어깨를 짓눌렀다.

이렇게 계속 상황이 이어진다면 제 아무리 천하의 묵현이라고 하더라도 분명 무리라 할 수 있었다.

하나 그런 그를 대체할 사람이 없는 지금 당장 뭘 어떻게 할 수 있는 것도 아니었다.

그만큼 백팔나한진은 견고하고 치밀했다.

파훼법을 알면서도 이렇게 고전을 면치 못하고 있는데 만약 파훼법 조차 알지 못했다면 결과는 불 보듯 뻔했을 것이다.

묵현은 그런 백팔나한진의 위용에 새삼 전대 묵혈위사들이 얼마나 대단했던 이들인지 실감할 수 있었다.

기록에 보면 전대 묵혈위사 중 한 선조는 오직 그 혼자 백팔나한진을 무력화 시켰음을 밝히고 있었으니 그때의 위용이란 감히 말로 표현하지 않아도 엄청난 경지였으리라.

"훅, 훅."

물론 그때와 지금 상황이 다른 것이 그때는 혼자였고, 지금은 무리를 이루고 있다는 점에서 차이가 있었지만 말이다.

사실 묵현 역시 그런 생각이 들기는 했다.

차라리 처음부터 혼자 이들 백팔나한과 부딪혔다면 이 정도까지는 힘들지 않았을 것이다.

신경 쓸 존재가 없으니 충분히 운신의 자유가 보장되었을 것이 분명하기 때문이다.

게다가 지금은 오직 그 혼자 모든 압박을 직접 마주해야 하니 그 부담이 더 큰 것도 사실이다.

하지만 그렇더라도 하더라도 백팔나한진이 대단한 것은 부정할 수 없는 사실이었다.

진과 마주한 느낌이 그랬다.

그것을 뭐라고 표현해야 할까?

마치 수렁에 빠진 것처럼 스스로를 무력하게 만드는 공고한 벽이라고 해야 하나.

묵현은 진 스스로가 자신의 기운을 감쇄하는 효용을 발견하며 그런 생각이 들었다.

그리고 지금 이 지독한 대처 상황을 깨기 위해서는 무엇보다 흐름의 결을 조금이라도 빨리 파악하는 수 말고는 없음을 다시 한 번 상기했다.

왜 지금까지 백팔나한진이 최고의 진으로 이름을 남겼는지 알 수 있었다.

절대적으로 강한 힘이라고 하더라도 백팔나한진의 중첩된 원은 그 역도를 능히 감당할 수 있는 구조로 만들어져 있었던 것이다.

다다다당!

원과 원이 마주하고 돌아가며 쏟아지는 봉의 물결이 그것을 가능케 하고 있었다.

묵현이 아무리 절대의 쾌검을 발휘해도 벽을 깰 수 없는 것은 그런 이유 때문이었다.

공격의 시작은 놓칠지라도 그 뒤는 어김없이 봉들이

날아와서 막아서니 뭘 어떻게 할 수가 없었다.

어떻게 보면 무모하게 공격만 하다가는 다른 이들처럼 스스로 자멸해 버리고 말 것만 같았다.

한계에 이른 움직임은 결국 파탄을 드러낼 수밖에 없고, 그렇게 되면 공격의 위력은 자연 약해질 수밖에 없다.

그것은 결국 힘이 다했음을 의미한다.

지금껏 백팔나한진이 상대를 제압하던 수법이 바로 그러했다.

스스로 섶을 지고 불에 뛰어드는 부나방처럼 자멸해 버리게 만드는 것이야말로 백팔나한진의 진정한 무서움일 할 수 있었다.

그러나 그렇다고, 아니 그것을 느끼고 있다 해서 멈출 수 있는 것도 아니었다.

이미 서로 맞물려 돌아가기 시작한 이상 누가 먼저 멈추고 싶다고 해서 멈출 수 있는 것이 아니었다.

멈추려면 지금의 상황을 타개할 확실한 방법이 필요했다. 그래서 묵현은 이 지독한 대치 속에서도 멈추지 않고 있는 것이다.

게다가 오히려 더더욱 거칠고 강하게 나서며 상대를

몰아쳤다.

 분명 여기까지는 일반적으로 그간 백팔나한진에 먹힌 무수히 많은 피해자들과 같은 수순이라 할 수 있었다.

 하지만 묵현은 그들과 자신은 다르리라 생각했다.

 그것은 그들이야 진에 갇혀 상황에 몰려 그렇게 된 것이고 자신은 노리는 바가 명확했기 때문이다.

 문제는 그것이 지난한 기다림이라는 것이다.

 "훅, 훅."

 어느새 의식하지 않아도 턱을 차고 튀어 나오는 거친 숨결은 그런 묵현의 어려움을 알리는 하나의 표식과도 같았다. 그래도 묵현의 시선은 여전히 흔들림이 없었다.

 이제 곧 끝난다.

 지금까지 미치도록 힘겹게 버티고 버텨온 순간의 종말을 고할 때가 올 것이다.

 아니 오게 만들리라.

 그 어떤 진이라고 계속 변화의 흐름을 만들어 낼 수 있는 진이란 존재하지 않는다. 그것은 천하의 고절한 백팔나한진이라도 예외일 수 없다.

 '……드디어!'

 묵혈지안의 세계로 들어선 기의 흐름은 그러한 백팔

나한진의 모든 변화를 묵현의 뇌리에 밑그림을 그렸다.

그리고 그것들이 모이고 모이며 결국 하나의 완성된 그림을 그려냈으니 묵현이 지금껏 기다려 온 순간이 드디어 찾아온 것이다.

척—.

묵현의 손이 번쩍 위로 추켜올려졌고 그것은 그간의 기다림, 그 끝을 알리는 신호탄이 되었다.

"기다렸어요!"

공선화가 먼저 신형을 쏘아 올렸고, 그 뒤를 따라 공만구와 고하연이 몸을 날렸다.

동시에 고방곤과 고정방이 좌우 양익을 펼쳤고 관천수가 후미의 진형을 유지했다.

파박!

묵현 역시 그런 묵룡사조의 움직임과 동조해 바닥을 강하게 디디며 박찼다.

그간 움츠리고 있던 답답함은 이 한 번에 날려버리겠다는 듯 묵룡사조의 기세가 급격히 커졌고, 묵현은 그런 기운을 뒤로하고 그대로 진 한 가운데로 몸을 날렸다.

갑자기 일어난 진형의 변화!

"하압!"

이어진 묵현의 기합까지.

콰콰광!

그것은 길고 길었던 대치가 끝나고 영원할 것 같던 철벽, 백팔나한진의 붕괴를 알리는 시작이었다.

第二章

수호신승(守護神僧)

진에 갇힌다는 것은 사방에 위험이 도사린다는 것과 같은 의미다.
 그것은 하나의 진에 있어 가장 기본 되는 것이 각자의 방위를 얼마나 완벽히 지배할 것이냐에 달려있기 때문이다.
 이는 고절한 진이라고해도 예외일 수 없다.
 백팔나한진 역시 그러하다.
 그렇기에 쉽게 진의 효용에 대해 설명할 때 가장 손쉽게 묘사할 수 있는 것이 토끼몰이다.
 사방에서 압박을 가해 원하는 장소로 몰고 가는 토끼

몰이야말로 일반적인 진의 효용과 가장 근접한 행위이기 때문이다. 이런 부분에 있어서 백팔나한진은 월등한 점을 지니고 있다.

그래서 백팔나한진에 갇히면 점점 그 운신의 폭이 줄어들 수밖에 없다.

그것은 전후좌우 사위 뿐 아니라 공중 역시 쉽게 움직일 수 없음을 의미한다.

아니 움직이더라도 마치 토끼몰이처럼 이리저리 상대의 의중에 따라 흔들리며 일정한 방향으로 몰려진다는 것이다.

그렇기 때문에 묵현이 지금까지 진의 파악에만 전념하며 기다린 것이다.

또한 묵룡사조가 그간 하나의 방진을 형성한 채 묵묵히 기회를 노린 이유이기도 하다.

진을 완전히 파악하지 못하는 이상 경솔하게 움직이는 것은 금물이다.

최대한 진중히 자신의 방위를 지키고 굳건하게 그 위치를 지키는 것이 오히려 진에 갇혔을 때 옳은 행동이라 할 수 있다.

물론 그에 반비례하여 그 압박감은 점점 커지겠지만

말이다.

묵현이 묵묵히 버텨냈던 이유는 바로 이것에 있었다.

그러던 것이 순식간에 지금까지와는 다르게 진형을 바꿨다는 것이 의미하는 바는 명확했다.

상황의 변화!

진의 변화를 이제 파악했음을 의미한다.

물론 그것은 백팔나한진을 구성하는 무승들 역시 짐작하는 바였다.

아니 사실 지금까지 무수히 많은 도전자들이 종내에 가서는 행했던 행위가 다들 그러했다.

궁지에 몰리고 몰리다보면 결국 자신의 방위를 더 이상 지킬 수 없게 된다.

아니 지키기보다는 뭔가 움직여 상황을 타개하려고 드는데 그럴수록 상대의 제압은 쉬워진다.

소림의 백팔나한진이 가진 역사는 그런 상황을 충분히 타개할 힘을 만들어냈다.

그렇기에 백팔나한진을 구성하던 무승들은 그런 묵현과 묵룡사조의 변화에도 크게 흔들리지 않았다.

아니 오히려 더더욱 공격의 고삐를 더욱 당겼다.

그런데…… 그것이 파탄의 시초였다.

휙—휙—휙—.

묵현과 묵룡사조는 지금껏 겪었던 무수히 많은 도전자들과는 전혀 달랐다.

의외성!

이들의 방식에는 짐작하기 어려운 다른 면이 존재했던 것이다.

그리고 그것은 지금까지 치밀하게 짜인 진형을 순간적으로 흔들었다.

마치 붕조가 그 거대한 날개를 활짝 펼치고 비상을 하려는 것처럼 사방으로 펼쳐진 묵룡사조와 묵현의 진형은 그들 소림 무승들이 경험하지 못했던 새로운 진형이었다.

쇄기진이되 쇄기진이 아니었으니.

그 의외성이 무승들의 순간적인 판단력을 흩트렸다.

누구나 아는 사실이 있다.

공중으로 몸을 띄우는 것이 지면에 붙어서 싸우는 것보다 더더욱 불리하다는 사실을 말이다.

사람이 날개가 달리지 않은 이상 운신이 자유롭지 못한 공중으로 몸을 띄운다는 것은 그야말로 최악의 악수라 할 수 있었다.

 그런데 지금 묵룡사조의 일부가 보인 모습은 그러했다. 문제는 그럼에도 불구하고 상대의 의표를 찌른 움직임 덕에 그것이 전혀 악수로 보이지 않았다는 것이다.

 게다가 상대를 흔들기 위한 행동은 그게 끝이 아니었다.

 묵현이 펼친 공격 역시 무승들의 판단력을 흩트렸다.

 처음 백팔나한진과 부딪친 이후 묵현의 손에서 펼쳐졌던 것은 극에 이른 쾌검이 주를 이루고 있었다. 게다가 그 형태를 철저히 변식을 배제한 찌르기였다.

 그러다보니 무승들은 자신도 모르게 지극히 빠른 쾌검에 익숙해져 있었던 것이다.

 그것도 일체의 변식을 제거한 찌르기에 말이다.

 문제는 그것이었다.

 묵현이 정말 찌르기 말고는 할 줄 아는 검식이 없어 그랬을까?

 그렇지 않다.

 오히려 묵현에게 있어 그가 펼쳐낼 수 있는 검예는 무수히 많고 다양하다.

 그럼에도 묵현은 고집스럽게 찌르기만 고수했다.

이는 오직 하나 지금 이 순간을 위한 기다림이었을 뿐이다. 자연스레 무승들의 방비가 찌르기에만 최적화된 상태였으니 그런 묵현의 의도는 충분히 성공했다고 봐야 했다.

그리고 묵현은 그런 기회를 놓치지 않았다.

상대가 착각할 정도로 하나의 수법을 고집했으나 이제는 아니었다.

이미 묵혈지안을 통해 백팔나한진의 실체를 엿본 이상 그럴 필요가 없었다.

"하압!"

묵현의 기합은 그런 무승들의 의표를 찌르며 곧 이어질 백팔나한진의 파탄을 알리는 시작점이었다.

우우우웅―!

그간의 답답함을 이 한 번에 토해내려는 것처럼 묵현의 손에 들린 묵검이 울음을 토했고 손에서 잘게 진동하기 시작했다.

그것은 예의 과거 청해혈마와의 격전 중 마지막 순간 아련히 찾아왔던 깨달음이 다시금 펼쳐졌음을 의미했다.

다변의 극은 곧 무변일지니!

무수히 많은 검로가 점을 이루고 이뤄 하나의 선을 그

어냈다.

 그리고 그어진 선은 어느새 상대를 제압할 최상의 길을 찾아내니, 일점에 이른 선이야말로 극쾌의 극이리라.

 슈욱―!

 쏘아진 섬광은 공간의 중심을 가른다.

 묵혈위사만의 수법으로 이뤄진 묵룡섬은 그간의 깨달음을 온전히 한 번의 움직임 안에 다 담아냈다.

 그리고 그것은 지금껏 묵현의 움직임에 익숙해진 소림 무승들에게 피할 수 없는 공격을 선사했다.

 스팟!

 핏방울이 튀어 올랐다.

 허공을 유영하는 유려한 검날의 미학적 움직임, 그것을 누가 막을 수 있으랴!

 천하의 청해혈마도 이 하나의 수법에 생을 달리했는데, 그 보다 못한 무승들이 막을 수 있는 성격의 공격이 아니었다.

 아니 당금 강호에서 지금 묵현의 공격을 온전히 막을 수 있는 이는 그리 많지 않다.

 어림잡아 열 손가락 안에 들어갈 정도의 소수를 제외하고는 막기 어려운 게 묵현의 수법이라 할 수 있었다.

이미 변화의 극에 이른 움직임은 그 자체만으로도 능히 일절이라 불려도 손색이 없는 수법이었다.

게다가 아직 묵현의 공격은 끝난 것이 아니었다.

여전히 그 기이한 진동을 검에서는 흘리고 있었다. 그리고 절정에 이른 묵혈지안 역시 극성으로 발휘되며 진의 변화를 철저히 분석했다.

스르릉.

검날의 움직임은 다시 급변하여 주변을 훑었고 이번에도 어김없이 핏방울이 퉁겨져 올라갔다.

곡선과 직선의 다중 분할이 만들어 낸 이 기이한 움직임은 그 무엇으로도 막기 어려웠다.

찌르고, 베는 움직임의 틀은 여전했지만 그 어느 무승 하나 이번에도 막지 못했다.

순식간에 일어난 상황이라 천하의 절진이라 불리는 백팔나한진 역시 그 변화를 쫓지 못한 것이다.

그리고 공격은 묵현만 하는 게 아니었다.

묵현의 지시로 몸을 날린 묵룡사조 역시 손을 놓고 있지 않았다.

의외의 사태로 인하여 백팔나한진의 움직임에 혼란이 생긴 틈을 그대로 파고들었다.

각자가 묵현의 조련을 받은 고수였고, 묵가가 인정하는 묵룡위였으니 그 강함이야 뭐라 할 것은 아니지만 이번에는 달랐다.

 각자 단 한 번의 틈을 찾아 노렸기에 그들의 힘은 극대화 되어 있었다.

 일점, 일념!

 오직 한 곳을 노리고, 반드시 베어버리겠다는 다짐이 충만하니 그 기세는 절로 한 자루의 검과도 같이 예기를 뿜어냈다.

 그 결과 그들 묵룡사조가 지나간 자리에도 피가 점점이 허공에 뿌려졌다.

 쾌검으로는 묵현에 근접했다 평가받아도 과하지 않을 고하연의 검이 상대 진형의 빈틈을 찢겨 발겼고, 공만구와 고방곤의 공격은 그 뒤를 이어 벌어진 틈을 키웠다.

 쾅!

 이어진 공선화의 일격은 벌어진 틈이 채 매워지기도 전에 그간의 팽팽했던 전세를 허물었다.

 한 순간이었다.

 지극히 짧았던 공방의 틈을 공략해 들어간 순간 순식간에 전세는 완전히 뒤집어졌다.

무엇이든 치밀하게 조직되어 있을수록 그것이 어긋나는 순간, 그 붕괴역시 순식간에 일어날 수밖에 없다.

 애초 유기적 흐름을 구성하는 원동력이 치밀함이었기에, 그 축이 무너지면 진을 구성할 원동력이 상실되기 때문이다.

 그런 의미에서 소림의 백팔나한진은 치명적 결함을 이번에 드러낸 것이다.

 문제는 그것만이 아니었다.

 이 치밀한 조직의 붕괴는, 대응을 해야 할 무승들에게 큰 충격과 혼란을 동시에 가져다주었다. 무엇보다 치명적인 것은 바로 이러한 정신적 타격이라 할 수 있었다.

 불문을 수호하는 절대적 방법이라 여겨졌던 백팔나한진이 무너진 순간, 무승들의 의지 역시 본인 스스로 의식하지 못한 채 허물어진 것이다.

 정신이 무너진 이상 더 이상의 승부는 의미가 없었다.

 그것의 징조는 조용히 다가왔다.

 누가 먼저랄 것도 없었다.

 "컥!"

 진이 무너진 순간, 묵현의 존재감 앞에 다들 버티지 못한 것이다.

애초 진을 구성하여 기세를 흘려냈던 터라 이는 당연한 결과였다.

게다가 진의 붕괴가 가져온 상실감을 채 수습하기도 전이었기 때문에 무승들은 더더욱 묵현의 기세 앞에 무방비였다. 그러니 그것을 버텨낼 재간이 없었다.

절정에 이른 고수의 기세는 단지 그것만으로도 사람을 상하게 할 힘을 지니고 있다.

괜히 절정 고수의 기세를 가리켜 의형살인이라 하는 것이 아니다.

묵현 역시 그러한 경지를 넘어 그보다 더 깊은 아득한 깨달음의 소유자였으니 그 기세는 가히 보이지 않는 칼날이라 할 수 있었다.

"컥! 컥!"

그러다보니 무승들은 하나 둘 피를 토하며 쓰러졌다.

이것으로 묵현은 어느 정도 소림에게 자신들의 힘을 제대로 보여줬으리라 생각했다.

게다가 그 시비의 우선을 떠나 스스로 정도를 넘어섰음 역시 이 한 번의 싸움으로 무마했으리라 여겼다. 어차피 강호에서 힘이란 진실로 최고의 정의였으니 말이다.

스윽.

"더 덤비지 마라."

낮게 깔린 목소리와 함께 묵현이 쏘아 보낸 기세가 어느새 좌중을 압도하기 시작했다.

그것은 하나의 경외감이었다.

감히 어찌할 생각조차 못하게 할 절대적 존재감이 뿜어졌다.

*   *   *

소실봉 정상.

정광을 받아 반사된 빛의 편린이 잘게 부서지며 운무에 가려진다.

휘위익―.

동시에 휘감아 도는 바람이 그 뒤를 쫓는다.

소실봉의 정상은 중턱에 위치한 불문의 성지, 소림사에서 일어난 변고와는 상관없이 평온했다. 그리고 그곳에 존재하던 작은 암자 역시 평소와 다를 바 없이 고즈넉했다.

세상에 신선이 사는 곳이 존재한다면 바로 이곳이라

할 만큼 암자는 탈속한 기운을 간직하고 있었다.

그런데 그런 암자와 동떨어진 것 같은 존재가 있었다.

암자 한 귀퉁이에 앉아 무엇이 그리도 즐거운지 아래를 내려다보며 크게 대소하는 노승의 모습이 바로 그러했다.

초롱초롱한 눈망울과 대춧빛으로 은은하게 물들인 얼굴의 혈색만 보면 분명 신선의 모습이건만 그의 웃음소리는 무척이나 경망스러웠다.

"낄낄낄!"

배를 잡으며 웃는 노승은 무엇을 보고 있는 것인지 연신 웃음을 멈추지 못하고 있었다.

"아이고 배야! 아우 저 놈 저거 물건일세!"

노승은 마치 누군가라도 본 것처럼 손짓까지 해 가며 즐거워했다. 그러다 어느 순간이 되었을 때에는 자신도 모르게 입을 벌리고 감탄마저 터트렸다.

"호오! 대단하군, 아니지 당연하다고 해야 하나?"

고개를 주억거리던 노승은 이내 고개를 절레절레 흔들었다.

"저놈의 묵혈위사들은 어째 시간이 흘러도 빌어먹을 지독한 성정은 그대론지!"

노승은 자신이 들었던 바와 한 치 다를 바 없는 그 행동에 질렸다는 표정을 지었다.

지금 노승이 보고 있는 광경은 묵현과 그 일행들이었다.

만약 지나가던 이가 들었다면 기겁할 일이지만 노승은 그것이 아무렇지 않았다.

소림 불문 무학의 정수가 단지 칠십이종 절예만 있으랴.

시공을 격해 보고자 하면 무엇인들 보지 못할 것이 없는 천리안.

그 신비의 무공을 지닌 노승에게 이것은 숨 쉬는 것과 같은 일이었다.

"하긴 그러니 묵혈위사겠지만 말이야."

노승은 계속되는 묵현의 도발을 인정하며 조용히 자신이 알던 사실을 떠올렸다.

"괜히 겸애와 절용의 묵가에서 저런 인간들이 튀어나오는 것이 아니겠지만, 그래도 너무 곧아. 그리고 굽힐 줄 모르고."

그랬다.

실로 노승이 보고 판단하기에 지금 묵현은 억지를 부

리고 있었다.

그것도 단지 굽히기 싫다는 지극히 사소한 이유 때문에 말이다.

"이거 이러다가 소림이 오늘 제대로 털리겠군."

문제는 그런 묵현의 내심과 전혀 상관없이 전황은 그에게 점점 유리하게 변해가고 있었다.

"어디 슬슬 움직여 볼까?"

결국 그 광경을 지켜보던 노승은 허리를 토닥이며 자리에서 일어났다.

"그래도 명색이 불가의 수호신승인데 묵가에게 처참히 당하는 것을 지켜보면 안 되겠지?"

묵가 천년의 역사가 만들어낸 최강의 무기가 묵혈위사라면, 불가에는 그들의 역사와 무수히 많은 무학이 만들어낸 수호신승이 존재했다.

그러했기에 수많은 겁난을 이겨내며 소림이 지금까지 제자리에 굳건히 버티고 서 있을 수 있었던 것이다.

노승은 바로 그런 수호신승의 당대 계승자였다.

그런 그가 이대로 보고 있기에 주어진 업의 무게는 간단치 않았다.

뭐 처음에야 오랜 만에 지켜보는 광경이 재미있었지

만, 그렇다고 자신의 의무마저 완전히 잊을 만큼 수호신승의 업은 가볍지 않았기에 노승은 그대로 밑으로 신형을 날렸다.

파박.

가벼운 발구름과 함께 시작된 노승의 움직임은 경이 그 자체였다.

번쩍!

촌음을 가르며 지나가는 하나의 섬광처럼 공간을 격하여 움직이니, 이것이야말로 진정한 금강부동신법의 정화요, 소림 무학의 진실 된 위력이었다.

단지 몇 걸음을 옮겼을 뿐인데 어느새 노승의 신형은 소림의 경내로 들어서고 있었다.

"아미타불!"

청명한 음색의 불호가 사방을 떨쳐 울렸고, 노승의 기운이 장내를 장악하는 순간.

스윽.

묵현은 지금까지와 다르게 완전히 경색된 신색으로 검을 치켜들었다.

노승의 몸에서 뿜어지는 기세는 모두를 압도했다.

"항마불사!"

이어 터져 나온 사자후에 묵현의 신형이 흔들렸다.
"소림수호!"
그리고 묵현의 기세에 제압당했었던 무승들이 일제히 외치니, 이는 오랫동안 소림을 지켜온 수호신승의 등장을 알리는 일종의 의식이었다.

또한 그것은 앞으로 있을 모든 일의 행사에 있어 녹옥불장의 권위보다 더 위에 수호신승이 있음을 인정하는 소림의 의지였다.

"아미타불."

백팔나한진을 이끌던 광천이 반장과 함께 불호를 외운 것은 그것을 확인하는 마무리였다.

순간 장내의 분위기는 종전과는 다르지만 지독한 긴장감이 흘렀다.

비록 그 대상이 소림의 무승에서 묵현과 묵룡위로 바뀌었지만 말이다.

*   *   *

꿀꺽.

묵현은 지금 지독한 갈증을 느끼고 있었다.

목 부위를 간질거리는 묘한 긴장감이 지금 전신을 죄어왔다.

단언하건데 지금까지 이렇게까지 자신이 긴장한 적이 있나 싶었다.

그만큼 소림 수호신승은 단지 그 존재만으로도 위압감이 대단했다.

본능적으로 느껴지는 느낌은 자신의 필패를 외치고 있었다.

과거에는 모르지만 이미 무수히 많은 사선을 넘어서며 성장에 성장을 거듭했던 자신이 감히 덤빌 엄두가 안 날 고수가 존재할 줄이야.

이래서 중원에 숨은 기인들이 많다고 하는 것일 게다.

은거기인이라는 말이 괜한 헛말은 아닌 것이다.

묵현은 이 기이한 느낌에 상대에 대한 경외감마저 생겼다.

하나 그것은 그것!

"큭!"

잔뜩 일그러진 얼굴과 굳게 다물린 잇새로 세어 나오는 음성에는 질 수 없다는 불굴의 의지가 담겨 있었다.

아니 이대로 물러선다는 것은 있을 수 없는 일이었다.

묵혈위사!

언제나 물러설 줄 모르고 죽음과 마주하고도 앞으로 나서는 불굴의 투사!

그 위대한 선배들이 만들어낸 위업이 지금 자신의 양 어깨에 달려있었다.

불가의 숨겨진 힘이 수호신승이라면 묵가의 역사가 만들어낸 병기가 바로 자신, 묵혈위사다.

그렇기에 더더욱 패배를 알면서도 물러서지 않아야 했다.

묵현은, 그 특유의 고집으로 억지로 버티고 섰다.

상대가 뿜어내는 무형의 기운 앞에 맞대응을 시작했다.

기이잉—.

귀에서 들리는 이명과 핏줄이 터져버린 두 눈의 상태로 보아 상대와의 기세 싸움은 이미 승부가 난 상태였다.

그럼에도 여전히 묵현의 모습은 그대로였다.

"호오!"

오죽하면 노승마저 경외의 놀람을 표시했을 정도였다.

사실 노승은 내심 묵현이 이대로 물러서기를 원했다.

그런 이유로 일부러 기세를 드러낸 것인데, 묵현은 요지부동 물러섬이 없었다.

이래서는 자신의 의도가 무산될 판이다.

아니 지금의 대치가 계속 이어지면 결국 자신은 손을 써야 했다.

소림 수호신승이란 업 때문이라도 그래야만 한다.

'끙, 이 무식한 놈의 고집!'

누가 묵혈위사가 아니랄까봐 고집도 보통 쇠고집이 아니다.

물론 애초 고집을 부릴 것은 어느 정도 알고 있었다.

하나 그래도 최소한의 상식이나 시비를 판별할 능력을 있으리라 생각했다.

세불리를 깨달으면 물러서는 게 당연한 것 아닌가.

진정 고수라면 그 정도 요령은 있어야 할 것인데…….

"갈(喝)!"

결국 노승은 참지 못하고 재차 불문의 웅혼한 내공을 바탕으로 사자후를 토했다.

스르륵.

묵현은 그런 노승의 외침에 맞서 치켜 올렸던 검으로 공간을 베어냈다.

상대의 음파에 묵현이 선택한 방법은 바로 이것이었다.

휘이익—.

검날을 타고 마찰된 음파가 순간 대지에 울리며 노승이 토해낸 사자후와 부딪혔다.

씨익.

동시에 묵현의 얼굴에 미미한 미소가 그려졌다.

노승은 그 모습이 마치 악동 같다 생각했다.

"낄낄낄!"

참으로 재미난 녀석이 아닌가.

사자후에 맞서 검을 휘두를 생각을 하다니!

보면 볼수록 보는 재미를 주는 녀석이다.

"아 진짜!"

노승은 자신의 이마를 툭하니 치며 고개를 뒤로 젖혔다.

이 무모할 정도로 고집스런 모습이야말로 진정 묵혈위사를 잉태한 힘일지도 몰랐다. 그렇지 않고서야 어찌 자신을 상대로 이런 행동을 하겠는가.

사실 노승, 스스로가 생각하기에도 지금 자신이 밟고 선 경지는 쉬이 올라설 수 없는 위치다.

그렇기에 단지 자신의 존재감만으로도 당금 강호에서 대적할 이가 과연 몇이나 있으랴 싶었다.

내심 존재하지 않을 것이라 생각했다.

그것은 자신이 뿜어내는 존재감이 단순한 것이 아니기 때문이다.

기나긴 세월 수련과 명상을 통해 갈고 닦은 소림 수호신승의 비전이 고스란히 묻어난 기운이기 때문이다.

자비의 정신에서 시작하였기에 단지 존재함으로도 능히 상대의 의지를 꺾기 위해 만들어진 기운이건만 그것을 대항하는 묵현을 보니 새롭다.

이래서야 자신의 입장에서 곤란하기 그지없는데도 불구하고 이 새로움이 즐거웠다.

허나 마냥 이대로 대치할 수는 없었다.

노승은 결국 결심을 해야 했다.

그런데 그 결심이란 게 평소 소림 수호신승이 보여야 할 자세와는 조금 달랐다.

누대에 걸쳐 존재했던 소림 수호신승들은 보통 악질적인 마인을 상대로 모습을 드러냈기에 그 손속에 있어서 징치와 제압이 목적이었지만, 지금 노승의 상황은 그것과 달랐다. 그래서 생각해 낸 것이 일종의 훈계였다.

물론 그 수단이 다소 과격하긴 하겠지만 말이다.

스윽.

"받아보겠느냐?"

노승은 지긋이 주먹을 들어 올리며 나직한 목소리로 물었다. 다소 장난스런 표정과는 달리 노승이 들어 올린 주먹에 담긴 역도는 피부를 찌를 만큼 강렬했다.

묵현은 자신이 막을 수준의 힘이 아님을 이미 알고 있었다. 게다가 노승이 앞으로 펼칠 무공의 이름 역시 알았다.

백보신권(百步神拳).

소림의 무공 중 가장 단순하면서도 그 파괴력만큼은 일절이라 알려진 하나의 권법.

누구나 소림하면 떠 올리는 이 절대의 권법을 마주한 이상, 묵현에게 남은 선택지는 그리 많지 않았다.

물러서느냐, 아니면 마주하느냐.

그래서 묵현의 가슴에 노승의 물음이 더욱 묵직하게 다가왔다.

받을 수 있을지, 없을지는 지금 중요하지 않다.

노승은 자신에게 결정을 선택할 기회를 주었고, 지금은 그것을 결정할 때였다.

그렇기에 노승은 누구나 잘 아는 소림 무학의 일절 백보신권의 기수식을 드러낸 것이리라.

쉽게 대답하기 어려웠다.

당장 몸에서는 피할 것을 외쳐대고 있었지만, 마음은 그것을 거부했다.

예견된 결과라고 하더라도 묵현은 그것을 스스로 감내하리라고 굳게 마음먹었다.

묵혈위사는 그런 존재니까.

척.

묵현의 손이 움직였고, 검첨은 정확히 노승의 주먹을 노렸다. 이것은 묵현, 그의 의지가 표출된 무언으로 전하는 일종의 대답이었다.

"그게 네 대답이더냐?"

노승은 그런 묵현의 행동에 고개를 끄덕이며 천천히 주먹을 뒤로 당겼다.

우우우웅!

뒤로 당겨진 주먹을 중심으로 기운이 몰려들었다.

그것은 마치 진공과도 같은 상태를 만들었다.

일점에 모여진 집중된 힘 앞에 그 어떤 것도 존재하지 않았다. 오직 백보신권이라는 절정의 기예만이 우뚝 자리에 서서 모든 존재를 압도하고 있을 뿐이었다.

당장이라도 눈앞의 모든 것을 부셔버리고 박살내고 말 것 같은 강렬한 힘의 여파 앞에 지금 이 자리에 존재하는 모든 것이 숨을 죽였다.

그것은 마치 일종의 경건한 독경소리와도 같았다.

대기에 조용히 파문을 만들며 퍼져나가는 힘의 여파에 사람들은 자신도 모르게 마음 가득 묵직한 울림을 느낄 수 있었다.

하나 그것은 묵현을 제외한 이들만이 가질 수 있는 심경이었다.

모든 힘의 정점에 위치한 묵현은 그들이 느끼는 그런 평온함을 전혀 느낄 수 없었다.

오히려 전신을 찍어 누르는 소림의 거력 앞에 숨이 턱턱 막혀왔다.

그 어느 누가 있어 이 거대한 역도를 쉬이 버텨내랴!

눈앞을 가득 메운 힘의 파장 앞에 묵현은 순간 아득함을 느껴야 했다.

불가항력!

감히 힘으로 어찌하지 못할 존재를 앞에 둔 심정이 이런 것인가?

지금껏 느끼지 못했던 상념이 머리를 가득 메웠다.

아니 처음 검을 든 이후 단 한 번도 생각조차 하지 않았던 무력감에 스스로 무엇을 어떻게 해야 할 지 생각이 나지 않았다.

그만큼 지금 눈앞의 백보신권이 보이고 있는 신위는 묵현이 생각했던 그 이상의 힘이 느껴졌다.

과연 천년 소림의 정화라 할만 했다.

불가의 수호신승이 왜 현존하는 전설이었는지 뼈저리게 느낄 수 있었다.

"후우."

그러다보니 부동의 공부라 일컬어지던 묵혈지공 역시 그 한계를 여실히 드러냈다.

흔들리지 않을 것 같던 묵현의 내부가 요동쳤다.

그것은 두려움이었다.

항거할 수 없는 존재 앞에 자신의 초라하고 약한 모습이 드러날까 걱정하는 마음에서 태어난 약점이었다.

스스로도 그런 자신의 감정이 잘못되었음은 인지했다.

하나 그렇다고 막을 수는 없었다.

이미 흔들린 마음이다.

처음 흔들리기 어렵지, 이미 흔들린 이상 그것을 바로

잡기는 어려웠다.

 으득.

 하나 이대로 속수무책 당하고 싶지는 않았다.

 억지로 이를 악물었다.

 이기지 못할 상대였지만 그래도 보여주고 싶었다.

 묵혈위사.

 그 이름이 지닌 무게 역시 가볍지 않다.

 아니 무겁디무거운 이름이다.

 꾸욱.

 어느새 긴장으로 손안에 땀에 절어있었다.

 그래도 묵현은 개의치 않고 다시금 검을 고쳐 잡았다.

 벤다! 아니 반드시 벨 것이다!

 묵현은 오직 하나의 일념은 자신의 검에 담았다.

 스윽.

 낮게 바닥에 발을 끌며 신형은 비켜 세웠다.

 지금껏 묵현 스스로가 가장 자신 있어 했던 단 하나의 초식, 묵룡섬.

 순간을 베어버리는 절대의 쾌검에 가장 이상적인 자세를 취한 것이다.

 지이잉—.

그리고 묵현의 눈가가 기이한 일렁임을 만들었다.

절정에 이른 묵혈지안의 발동이었다.

"준비되었느냐?"

노승은 먼저 확인했던 묵현의 의지에 이어, 그의 모든 준비까지 다 지켜본 후 천천히 움직임에 변화를 주기 시작했다.

우우우웅.

그러자 지금까지 일점에 집중되었던 기운이 요동치기 시작했다.

"그럼 받아 보거라."

노승은 요동치는 힘의 흐름을 거스르지 않고 그대로 당겨졌던 주먹을 천천히 내밀었다.

그 순간……!

화악!

극점에 모인 힘은 이내 섬광이 되었고 벼락으로 화했다.

느슨히 당겨진 것 같지만 그 안에 담긴 거대한 역도는 그것이 세상에 모습을 드러내는 순간 그 장엄하고도 묵직한 존재감을 만개하며 쏘아졌다.

이는 진정한 신권(神拳)이라 할 수 있었다.

신의 주먹이 이러할까.

노승의 주먹을 뚫고 투영된 거대한 주먹의 그림자가 모든 것을 휩쓸었다.

묵현과 노승 사이에 존재하던 모든 것은 무로 변했다.

쏟아진 힘 앞에 막을 수 있는 것은 없었다.

대결을 지켜보던 모든 이들은 본능적으로 묵현의 패배를 짐작할 수 있었다.

하나 묵현은 달랐다.

아직 포기하지 않았다.

오직 묵현만이 백보신권의 압도하는 힘 앞에서 물러서지 않고 자신의 모든 것을 걸었다.

지이이이잉—!

극도의 집중은 지금껏 묵현이 펼쳐내던 묵혈지안의 한계, 그 이상의 이적을 만들었다.

지극히 느려지던 시계가 어느새 정지한 채 초 단위로 잘게 쪼개지며 묵현의 두 눈에 무수히 많은 정보를 제공하기 시작했다.

그리고 그 안에서 하나의 실 날 같은 틈을 찾게 했다.

'지금!'

묵현은 그 순간을 놓치지 않았다.

번쩍.

순간 명멸하는 섬광과 함께 내려 그어지는 단 하나의 궤적, 그것은 진정한 묵룡섬의 모습이었다.

촌음마저 갈라버릴 극쾌의 정점!

시간과 공간을 비켜서 모든 것을 베어버린 묵현의 한 수는 진정 아름다웠다. 그것을 무엇이라 형언할 수 있으랴.

파직!

한 사내가, 한 무인이 자신의 모든 것을 담아낸 움직임은 절대 깨어지지 않을 것 같던 노승의 백보신권을 그대로 갈라버렸다.

말 그대로 기운마저 베어버린 것이다.

그리고 그 한 번의 움직임 앞에 고도로 밀집된 힘의 응집에 균열이 생겨났다.

콰광!

베어진 권영은 결국 그 여파를 이기지 못하고 스스로 자멸해버리고 말았다. 한 마디로 허공에서 스스로 분쇄하며 폭발해버린 것이다.

"큭!"

묵현은 재빨리 그 여파를 피해 몸을 뒤틀었다.

비록 처음에 마주했던 것에 비해 그 강도가 현저히 약해지지는 했지만 그렇다고 온전히 그대로 받아내기에는 만만찮았다.

그만큼 워낙 처음에 응집된 기운 자체가 말도 안 되는 기함할 정도로 대단했던 것이다.

타다다당.

덕분에 몸을 보호하기 치켜 올리진 검면은 연신 보이지 않는 무언가와 부딪히며 불꽃이 튀었다.

묵현은 순간, 순간 끊이지 않고 연속적으로 부딪히는 힘의 여파를 힘겹게 버텨냈다.

단 한 번의 움직임에 모든 것을 걸었었기에 사실 남은 여력이 그리 많지 않았다. 그리고 내심 백보신권의 치명적 결함이 단 한 번의 출수라는 사실을 상기하며 내심 어느 정도 긴장을 푼 것도 있었다. 그래서 순간 노승의 다음 동작을 미쳐 인지하지 못했다.

스윽.

노승은 처음의 백보신권과는 전혀 다르게 천천히 내 뻗었던 주먹을 회수하며 출수와 함께 뒤로 당겨졌던 나머지 주먹을 내밀었다.

둥!

순간 대기가 일그러지며 묘한 파문이 하나의 울림이 되어 사방에 퍼졌다.

쾅!

동시에 무형의 권격이 묵현의 몸을 가격했다.

상대가 방심한 틈을 타고 찔러진 회심의 일격!

아니 묵현 스스로 방심하지 않았다 해도 도저히 막을 여력조차 남아있지 않은 상황에서 가해진 노승의 두 번째 출수는 절묘한 한 수라 할 수 있었다.

그것으로 둘의 대치가 끝을 맺었다.

단 한 번의 공격이었지만 그 역시 소림의 절학 백보신권이었으니 당해낼 재간이 없었던 것이다.

첫 패배!

묵현이 출도 한 이후 단 한 번도 이렇게 무력하게 기절했던 적이 없었다.

하나 이번에는 달랐다.

우당탕탕!

약간의 체공시간을 거쳐 묵현의 신형이 바닥에 부딪치며 요란한 소음을 만들었다.

제법 충격이 컸을 텐데도 불구하고 묵현은 미동도 하지 않았다.

아니 묵현만이 아니라 모두가 침묵했다.

그만큼 노승이 보인 무위는 모두에게 강렬한 인상과 함께 주눅 들게 하는데 충분했다.

"낄낄낄. 그것 참 재밌는 녀석이야."

사위가 조용한 가운데 오직 노승의 웃음소리만이 장내에 울리고 있었다.

第三章

탈태(脫態)

하루가 지났다.

그리고 소림은 여느 때와 같이 고즈넉한 산사의 풍경을 유지하고 있었다.

마치 전날의 소동은 아무 일도 없었다는 것처럼 단 하루의 시간 만에 모든 것이 정리되었다.

하나 그것은 단지 표면적인 모습일 뿐 많은 이에게 여러 생각을 가져다 준 하루였다.

소림의 무승들은 자신들이 믿던 백팔나한진이 허무하게 무너진 점에 대해 많은 반성과 충격을 털어내려 노력하고 있었고, 묵룡위 역시 자신들이 여전히 묵현에게 큰 도움이 되지 않음을 실감했다.

무엇보다 충격이 가장 심했던 이는 다름 아닌 묵현이었다.

충격적 패배!

묵현에게 그것은 묵직했다.

출도 이후 단 한 번도 누구에게 실질적으로 져 본 적이 없었기 때문에 그 충격은 뭐라 말 할 수 없을 정도로 컸다.

오죽하면 정신을 차린 이후에도 지금까지 충격을 털어내지 못하고 우두커니 멍하게 자리에 앉아있었다.

"쯧! 젊은 놈이 겨우 그것가지고."

노승은 그런 묵현의 모습이 한심스럽다는 표정으로 혀를 찼다. 그만큼 지금 묵현이 보여주는 모습은 패배자, 딱 그 말에 가장 어울릴 모습이었다.

'하아.'

묵현이라고 얼른 털고 일어나고 싶지 않은 것은 아니다.

단지 아직 자신의 충격적 패배를 실감하고 인정하기가 어려웠을 뿐이다.

첫 패배의 충격은 부동지심의 내가공부인 묵혈지공으

로도 어떻게 할 수 없는 쓰디쓴 경험이었다.

'졌다. 그것도 무참히.'

묵현은 과거를 돌아보며 하나씩 자신의 행동을 되짚어 보았다.

실력이 부족해서 진 것은 분하지 않다.

단지 분한 것은 그런 것을 떠나 자신이 마지막 순간 방심했다는 사실이다. 만약 그렇지 않았다면 기절까지 하는 일은 없었을 것이다.

묵현은 그것이 못내 분하고 괴로웠다.

다른 누구도 아닌 자신 스스로에게 부끄러웠다.

무엇이 문제였던 것일까?

늘 승리가 보장되지 않은 싸움에서도 이겼기 때문일까, 그렇지 않다면 묵천혈경과 마주한 순간 소림의 절학들을 우습게 본 까닭일까.

"하아."

속으로 삭히던 한숨이 절로 입에서 토해졌다.

주르륵.

그리고 자신도 모르게 눈시울이 붉어지며 눈물이 볼을 타고 흘렀다.

"제길!"

지금 자신이 느끼는 이 분함을 어찌하지 못해 흐르는 눈물이었다.

"낄! 그래 이제 좀 정신이 드느냐?"

그런 묵현의 변화를 살피던 노승이 자신의 주먹을 들어보였다.

"소림, 아니 불가의 절학들이 어디 묵교보다 못하리라 생각했던 것이냐? 아니면 묵교에만 묵천혈경이 존재하리라 생각했던 것이냐? 불가 역시 단지 시간의 흐름에 모든 것을 맡긴 것은 아님을 이제 알겠느냐?"

이어진 노승의 말은 대답을 듣기 위해 하는 말이 아니었다. 그것은 후배가 좀 더 깨닫길 바라는 마음에서 우러난 일종의 질책이자 충고였다.

"이 놈아! 소림은, 아니 불가가 왜 지금까지 버텨온 줄 아느냐?"

노승은 가만히 자신의 품에 담긴 이야기를 하나 꺼내 들었다.

"묵천혈경의 존재를 알면서도 놓아둔 것 역시 불가의 정신이 대자대비에 기초하고 있기 때문이었지 아니었으면 소림이 먼저 묵가를 없애버렸겠지. 누대에 걸친 무수한 세월이 만들어 낸 힘이 어찌 묵가만 있으랴. 수많은 중생이 다 불가의 힘이요, 그들의 재능이 모여 만들어진 절학들 역시 발전하기 마련 아니겠느냐."

담담히 늘어놓는 이야기는 실로 묵현에게 충격이라 할 수 있었다.

자신은 묵천혈경의 무게에 허우적거렸는데 이미 소림은 그것을 알고도 놓아둔 것이라니.

실로 믿기 어려운 이야기였다.

자신이 본 묵천혈경의 가치는 가히 무궁무진했다.

피로 점철된 묵가의 역사가 만들어낸 기물이자 기보라 할 수 있었다.

하나 소림은 그것을 탐내지 않았다.

오히려 묵인했다.

그것이 어쩌면 천년 소림, 천년 불가가 지금까지 그 성세를 지탱해 온 근원적 힘일지도 모른다.

묵현은 가만히 고개를 들어 노승과 고개를 마주했다.

딱!

그러자 기다렸다는 듯 노승의 주먹이 묵현의 이마를 때렸다.

"끌, 이제야 당대 묵혈위사로고."

순식간에 당한 공격이지만 그 안에 담긴 것은 따스한

정이었다. 노승은 싱긋 웃으며 묵현에게 자신의 주먹을 들어올렸다.

"녀석아, 소림의 백보신권이 만들어 진 게 벌써 누 백 년은 지났다. 그런데 결함을 보강하지 않았겠느냐."

장난스럽게 팔을 휘젓는 노승의 움직임에는 전 날 묵현이 당한 백보신권의 오의가 들어 있었다.

"뻗고 거둠. 나설 때와 물러설 때."

이어지는 말과 함께 크게 움직이기 시작하는 노승의 주먹들, 그것은 더 이상 백보신권이 아니었다.

아니 백보신권이 무수히 겹치고 겹쳐지며 거대한 권영을 그려냈다.

"소림의 무수히 많은 고승들이 누대를 거쳐 참오하고 참오하여 백보신권을 다듬으니 바로 그것이 천수여래권이더라."

노승의 몸에서 뿜어지는 기세와 어우러진 주먹의 움직임은 어느새 묵현의 시선에 거대하게 자리 잡기 시작했다.

그것은 진정 관음보살의 천수가 사방을 에워싸고 저 멀리 아득한 정토에서 여래가 불법을 설파하던 모습이라 할 수 있었다.

처음 각원화상이 날아가는 기러기를 향해 주먹을 쏘아 떨어드렸다던 백보신권, 묵현은 지금 그 궁극을 맛보았다.

후우웅—.

이윽고 노승이 가만히 자신의 주먹을 거두니 작은 바람 하나 공간에 일렁였다.

"……!"

그것은 마치 산들바람처럼 코끝을 간질이는 그런 바람이었다.

하나 묵현은 그것을 느끼지 못했다.

그만큼 지금 노승이 보여준 광경은 하나의 충격으로 다가왔다.

노승이 대체 왜 자신에게 이런 것을 보여주는지에 대한 의문을 가지기도 전에 단지 그 광경만으로 압도되어 버린 것이다.

그만큼 백보신권의 궁극은 기경할 무공이었다.

단지 보는 것만으로도 무수히 많은 깨달음을 얻게 했다.

하나 그 깨달음을 깊이 사고할 시간은 묵현에게 주어지지 않았다.

"갈!"

노승의 입에서 불문의 사자후가 토해졌다.

모든 심마를 제압한다는 현묘한 음성 앞에 묵현의 사유는 이어질 수 없었다. 아니 단지 듣는 것만으로 묵현의 정신은 또렷해졌고 아지랑이 같이 잡힐 것 같은 깨우침은 온데간데없이 사라졌다.

딱!

이어 노승은 또 다시 묵현의 이마를 때리며 혀를 찼다.

"쯧쯧, 어째 묵혈위사란 족속들은 죄다 그 모양인 것이냐. 모든 것을 채우려 든다고 그것이 다 채워진다더냐. 비워라! 비워야 또 채울 것이 아니더냐. 과유불급, 뭐든 과하면 부족함만 못한 법이거늘."

노승은 고개를 절레절레 흔들었다.

"참으로 우둔한 중생이로고."

묵현은 대체 무슨 이야기를 하는 것인지 알 수 없었다.

갑자기 깨달음의 순간을 방해받아 오히려 짜증이 났다. 하나 노승은 그런 묵현의 표정에 아랑곳하지 않고 계속 자신의 할 말을 할 뿐이다.

"본다고 다 이해하는 것이 아니며 이해했다고 그것이 죄다 네 것이 되는 것이 아니거늘. 어찌하여 진리를 보지 못하고 한낱 움직임에 얽매이는 것이냐."

"……!"

노승의 말이 이어지며 묵현은 자신 안에서 뭔가가 깨어지는 느낌을 받았다.

"형은 식이 되고 식은 결국 법이 된다고 하지만, 그것이 어찌 진정한 진리겠느냐. 이놈아 그것이 진정 제대로 된 깨달음이라 생각하느냐? 미욱하고 미욱하다."

무언가 자신이 놓쳤다는 말에 묵현의 눈빛이 깊게 가라앉았다. 그리고 의문이 들었다. 대체 무슨 이유로 자신에게 이렇게 친절히 가르침을 내리고 있는 것인지.

딱!

그런 묵현의 생각을 읽기라도 한 것처럼 노승의 손이 이마를 가격했다.

"끌, 잡념을 버려라. 이놈아! 그저 지금은 듣기나 하란 말이다. 설마 듣는 것조차 못하는 머저리는 아니리라 생각하마."

피식.

순간 묵현은 자신도 모르게 웃음이 새어 나왔다.

하긴 고민한다고 뭐가 해결될 것도 아닌데, 그리고 도움을 받는 입장에서 이것저것 가릴 것도 아니다.

일단 그저 들으면 되는 것을.

한 번의 패배에 너무도 무뎌진 것 같았다.

씁쓸했지만 노승의 말은 하나도 틀린 게 없었다.

묵현은 다시 집중하여 노승의 말을 듣기 시작했다.

"법이란 하나의 태 안에 구속되어버린 움직임에 지나지 않음을 어찌하여 깨닫지 못하는 것이더냐! 그것이 진정 최강이라 일컬어지던 묵혈위사의 진의더냐! 이놈아! 보아라, 보고 깨우쳐라. 태를 벗어야 진정한 진의가 보일 것이야!"

노승의 말이 이어질수록 묵현은 점점 오리무중 해졌다.

도무지 이해하기 어려운 말이었다.

대체 무슨 태를 벗으라는 건지 짐작도 되지 않았다.

하나 일단 잠자코 듣기만 했다.

의문을 푸는 것은 나중이라도 가능하다.

"그리하지 않고서는 이곳에서 한발자국도 움직이지 말거라. 겨우 그 정도 그릇으로 어찌 천하를 담을 것이며, 어찌 천하를 상대로 싸움을 할 것이냐. 괜한 목숨

버리지 말고 깨우쳐라. 어찌하여 아직도 미몽에서 허우적거리는지 자신을 돌아보라 이 말이다."

노승의 입에서 토해지는 가르침 하나하나를 깊이 받아들였다. 그리고 묵현은 자신도 모르게 고개를 끄덕였다.

세상에 얼마나 무수히 많은 강자들이 존재할까.

모르긴 몰라도 저 바닷가의 모래알만큼 많을 것이다. 당장 노승만 해도 강호에 알려지지 않았지만 자신을 능가하고 있지 않던가.

적들이라고 그렇지 말랄 법은 없었다.

게다가 자신을 돌아보라는 말이 묵직하게 가슴을 눌렀다. 그것은 마치 어떤 운명적 만남과도 같았다.

'자신을 돌아본다라. 하긴 그러고 보니 그럴 시간이 없었군. 아예 여유가 존재하지 않았으니.'

돌이켜보면 진정 그러했기에 더더욱 가슴 한가득 묵직함이 느껴지는 것이다.

"어찌하여 무술이 무공이 되고 무도가 되는지를!"

단 한 번도 고민해보지 않았던 이야기다.

어차피 묵현에게 있어 무공은 단지 강해지기 위한 수단이었을 뿐, 그 이상도 그 이하도 아니었다.

막으면 벤다!

묵현은 그리 살아왔고 또 그리 살아가리라 생각했다.

그런 묵현의 생각에 조금씩 틈이 생겨났다.

그리고 깊이, 깊이 생각에 잠겼다.

"그리하여 틀을 벗어던져야 진정 네놈이 묵혈위사라 할 것이야."

노승은 그 말을 끝으로 자리를 떴다.

이제 남은 것은 온전히 묵현 자신의 몫이었다.

깨닫느냐, 마느냐.

복잡한 심사를 뒤로하고 묵현은 가만히 명상에 잠겼다.

*   *   *

스스로를 돌아보는 일, 그것은 쉽지 않다.

지나온 길을 더듬어 하나씩 열거하고 깊게 생각하는 과정 속에서 묵현은 점차 노승이 남긴 화두에 접근하기 시작했다.

왠지 그래야만 할 것 같은 예감이 없었다면 시작하지 않았을 일이다.

하나 본능적으로 느껴지는 느낌에 묵현은 천천히 스스로를 돌아보았다.

그러다 사고의 방향은 어느새 자신이 익힌 무공으로 뻗어나갔고 하나의 깨달음을 얻었다.

그것은 검법의 본질이다.

검법이라고 하는 것은 초식의 집합체라 할 수 있다.

누대에 걸쳐 수많은 사람들의 계량을 거치고 보완되며 만들어진 수많은 변초라는 것 역시 수많은 투로를 가지며 다양한 방식으로 파생된다 하더라고 결국 초식에 근거했다는 한계를 벗어날 수 없다.

그렇기에 검법은 본능적으로 그 한계를 내포하고 있다.

이는 대게의 검법, 아니 거의 모든 검법이 해당하는 이야기라 할 수 있는데, 주어진 투로에 따라 움직이는 움직임이 정형화 되어 있기 때문에 그 어떤 검법도 초식을 알면 파훼할 수 있다는 말이다.

그렇기에 몇몇의 선각자들은 이 한계를 벗어던지기 위해 몇 가지 방법을 강구하였었다.

그 중 하나가 초월적 감각을 이용한 실전 살예이고 다른 하나는 스스로 초식의 틀을 벗어던진 경지의 추구다.

하나 그것이 익히는 데 쉬운 일도 아니고, 또 그것 역시 결국 일정 정도의 틀을 가지고 있다. 그래야 그것들이 온전히 검법으로 남아 전승될 수 있기 때문이다.

혼자가 익히는 것이 아닌 전승되어야 하기 때문에 결국 초식이 만들어진 것이고, 이를 법이라 하는 것이다.

이는 단순히 검법만 해당하는 이야기는 아니지만 검법에서 더더욱 이 한계성이 두드러지는 이유는 그것이 병장기를 사용하는 기예이기 때문이다.

게다가 특히 이 검법은 양날이라는 특성 때문에 다양한 수법이 존재하고 그렇기에 더더욱 초식에 얽매일 수밖에 없다.

역설적으로 이러한 법의 발달이 지금까지 수많은 무공 기예들이 만들어지고 사라지는 과정 속에서 유독 검법을 더욱 부각되게 만들었고, 만병지왕이 검이라는 이야기를 듣게 했다.

하나 그렇다고 그 태생적 한계가 사라지는 것은 아니기에 수많은 검법이 계속 만들어지고 사라지는 것이다.

상대에게 초식이 알려지는 순간, 그 초식은 더 이상 언제든 쓸 수 있는 절초가 아니게 되기 때문이다.

이는 묵가의 무공도 마찬가지다.

그들의 무공은 이미 누대를 거쳐 보완되어왔지만 여실히 그 한계를 가지고 있었고, 이에 대한 무수히 많은 파훼법이 존재하고 있었다.

이는 묵천혈경에 적혀있는 묵가의 역사 중에서 실제로 존재했던 사실이기도 하다.

노승이 말하고자 했던 화두는 바로 이것을 일컫는 것이 맞을 것이다.

스르릉.

그렇기에 묵현의 고심은 더욱 깊어지고 있었다.

슬쩍 대기에 흔들리는 검날.

천천히 뻗어낸 손의 움직임에 따라 움직이는 수많은 검로들.

기존의 묵혈위사들은 이 태생적 한계의 극복을 위해 초식은 같되 그 안에 담기는 기세나 혹은 기운의 발출에 변화를 만들어냈었다.

그러나 이제 그것 역시 한계에 봉착한 느낌이 강했다.

이미 누대를 이어오며 서로 부딪혀온 존재들이다.

그런 존재들이 과연 묵혈위사의 수법을 간과했을까?

아니다, 누구보다 더더욱 깊게 파고들고 연구했을 게 뻔하다. 그렇다면 사실상 기존에 존재했던 모든 묵혈위사의 수법은 전부 적들이 다 알고 있다고 봐야 한다.

지금까지야 늘 자신이 좀 더 강했기에 지지 않았지만 앞으로도 반드시 그럴 것이라고 생각할 수는 없다.

만약 그랬다면 이렇게 오랫동안 서로 물고 물리며 지독한 피의 사슬을 이어오지 않았을 것이다.

스륵.

발을 내딛는 걸음 하나에도 수많은 생각이 교차했다.

무수히 많은 경험이 모여 결국 만들어내는 것은 하나의 법이요, 또 그 법은 완벽하지 않았으니 더더욱 머리만 번잡해진다.

한 번의 패배.

그것은 지운다고 지워질 수 있는 성격의 것이 아니다.

누구보다 묵현에게 그것은 큰 멍에처럼 다가왔다.

일격필살의 백보신권이 그 한계의 틀을 벗어난 모습을 보는 순간 충격이 큰 것은 바로 패배에 대한 아픔과 지금까지 간과하고 있었던 검법이 가지는 태생적 한계에 대한 깨우침 때문이다.

누대를 거쳐 발전해온 백보신권의 궁극적 진화.

그것이 어찌 묵가라고 없겠는가.

하나 묵현은 그것으로 충분하지 않다는 생각이 자꾸

만 들었다.

 지금이야 졌다고 크게 문제가 되는 것은 아니지만 앞으로의 싸움은 그렇지 않다.

 당대의 묵혈위사인 자신이 지면, 더 이상 묵가의 역사는 존재하지 않는다.

 적에게 그것을 바랄 수 없다.

 묵가 역시 그러하지 않았는데 그것을 어찌 상대에게 바랄 수 있으랴.

 묵현은 점차 깊숙하게 침잠되어 갔다.

 움직이되 움직이지 않는 것처럼 고도로 집중된 정신은 그간 묵현 자신이 가지고 있던 수많은 무에 대한 깨달음과 묵천혈경, 나아가 묵가의 모든 힘에 대해 다시금 돌아보게 만들었다.

 심상의 공간에서 수많은 초식이 쪼개지고 소멸되고 만들어진다.

 더불어 묵현의 손에 들린 검은 다양한 그림을 그려냈다.

 점과 선으로 이뤄진 거대한 그림.

 그것은 어떤 형식으로 이뤄진 것이 아니다.

 묵현 스스로 그간 쌓아온 모든 경험이 마치 실타래에

서 실이 올올히 풀려나듯 그저 몸으로 표현되는 하나의 움직일 뿐이었다.

하나 그것은 또한 단순한 움직임은 아니었다.

우우웅.

본능적인 내기의 흐름이 검을 타고 흘렀다.

대기와 공명하며 사방으로 퍼져나가는 기세는 점차 커져만 갔다.

우우우우우웅!

묵현의 손을 따라 검이 그림을 그리고 기운이 그 뒤를 따르니 점차 대기가 일렁이며 찢어지기 시작했다.

그것만으로도 능히 일절의 절예라 할 수 있을 움직임이었다.

또한 애초에 무(武)가 단순히 예(藝)나 도(道)가 아닌 공(功)인 이유가 바로 이 기운의 움직임 때문이다.

인간의 몸에 자연의 힘을 가둬 가공하고 만들어내는 이적들, 거기에 묵혈위사 특유의 부동에서 파생된 기예까지.

묵현의 몸에서 풀어낸 기운은 점차 짙게 깔리며 모든 공간을 잠식했다.

우우우웅!

묵직한 존재감.

어느새 묵현과 그 주변은 오롯이 묵현, 그 혼자만의 공간으로 변해 있었다.

스르륵.

그리고 묵현, 그의 손에 들린 검은 어느새 멈춰있었다.

그럼에도 그 존재감은 점점 커져갔다.

육안으로 보기 어려울 정도로 무수히 많은 진동이 검신을 타고 흘렀고, 그것은 점점 세상과 공명하며 거대한 울림을 만들었다.

그것은 마치 거대한 수면 위에 만들어진 하나의 파문처럼 동심원을 그리며 점차 퍼져나가기 시작했다.

더불어 두 눈을 감고 선 묵현의 표정은 굳어만 갔다.

깨달음!

하나의 법 안에서 사람에 따라 존재하는 무수히 많은 깨달음이 지금 묵현의 뇌리를 스치며 다시 새로운 깨달음을 만들어내고 있었다.

바로 그것이야말로 묵천혈경의 진실 된 힘이었고, 묵혈위사가 지금까지 최강의 존재로 군림할 수 있었던 이유였다.

대를 이어오며 전승된 수많은 깨달음들.

물론 명가라면 어디나 존재하는 것들이지만 묵가가 가진 저력은 그것을 뛰어 넘는다.

투쟁의 역사가 그리 만들었다.

묵가의 이름 아래 숨진 수많은 이들이 남겨놓은 깨달음.

대를 이어 묵혈위사의 이름으로 집행된 적에 대한 직접적 타격과 그들에게서 빼앗은 수많은 비전들까지.

묵가가 지닌 응축된 힘이 지금 묵현, 그 하나에게 모이고 모였다.

이미 무수히 많은 선들이 머리를 헝클이며 지나갔다.

게다가 기존에 존재하던 묵가의 무예 역시 다시금 새로운 의미로 묵현에게 다가왔다.

그러다 순간 떠오르는 하나의 말.

비워라! 비워야 채울 수 있는 법일지니.

피식.

묵현의 얼굴에 설핏 미소가 걸렸다.

자신에게 처음 패배의 쓴 맛을 준, 그리고 무수히 많

은 화두를 던져준 장본인이 자신에게 던졌던 그 말이 왜 지금 떠오른 것일까?

결국 그것이 지금 자신이 번민하는 문제의 해결책이었단 말인가.

깨달음은 종종 가까운 곳에 숨어있다.

단순한 소림신승의 전언이 순간 가슴 가득 메웠다.

비움으로 채울 수 있다는 그의 말은 단지 불가의 고승이 남긴 말이 아닌 것이다.

이런 게 만류귀종이런가.

오르는 길도 달랐고, 그 방법도 달랐지만 결국 묵현이 번민하며 찾아낸 답 역시 비움이었다.

묵현은 그 순간 새로운 세상에 눈을 떴다.

무수히 많은 깨달음의 순간처럼 찰나에 지나갈 순간이었지만 언제나 이 순간이 즐겁다.

깨닫고 깨우치며 결국 궁극으로 나아가는 길.

고비, 고비 벽을 넘어서면 보이는 더 넓은 세상.

더 이상 묵현은 기운을 뿜어내지 않았다.

묵현과 그 주위를 완전히 잠식했던 거대한 기운은 어느새 씻은 듯이 사라졌다.

살랑.

가벼운 바람이 일었다.

살랑살랑.

미풍이 불어오며 묵현의 손에 들린 검 역시 멈췄다.

모든 것이 허허(虛虛)롭다.

또한 모든 것이 만만(滿滿)하다.

존재하되 존재하지 아니하는 것처럼 묵현의 존재감은 아무런 기운을 뿜어내지 않아도 오롯이 그 존재를 드러내고 있었다.

그리고 묵현은 하나씩 비워갔다.

묵천혈경에 적힌 무수히 많은 비전들이 먼저 지워졌다.

선대 묵혈위사에게 물려받은 기예 역시 버렸다.

묵가의 절예들 역시 그러했다.

전부 비우고 비워냈다.

그리고 다시 채웠다.

하나씩, 하나씩 묵현에게 쌓여갔다.

그러다 가득 차면 또 비워냈다.

비우고 채우고, 비우고 채우고…….

무수히 많은 생각이 머리를 헝클이며 지워지고 그려지기를 반복했다.

구슬이 제 아무리 많아도 꿰어야 보배이고 수많은 초식을 만들어 낸다하더라도 정해진 투로가 없다면 그것은 결국 무용하다.

 게다가 이미 초식의 한계를 절감한 상태에서 새롭게 만들어가는 무공에 정해진 형식의 틀을 만드는 것 역시 웃긴 이야기다.

 그래서 어렵다.

 무형식의 형식.

 말이 쉽지 그것은 일반적인 무론에 벗어난 일종의 사도.

 결국 비인부전, 사람이 아니면 전하지 않는다는 그것에 기댈 수밖에 없음이니 묵현의 고심은 깊어질 수 밖에 없었다.

 하나 그렇다고 이렇게 마냥 모든 일을 접어두고 여기에만 매달릴 수 있는 것도 아니었다.

 잠깐의 여유였지, 아직 적들이 시퍼렇게 두 눈을 뜨고 있는 이상 지금과 같은 시간이 영원할 수는 없다.

 아니 그것이 아니어도 무한정 시간을 할애할 여유는 없다.

 복수! 그것을 가슴에 담은 이상 언제고 반드시 피의

대가를 받아내야 한다.
 그것이 설령 선대 묵혈위사와 얽힌, 아니 묵가와 얽혀 필연적으로 일어난 불행이라 할지라도 어쩔 수 없다.
 묵현은 선인이 아니다.
 당한 것을 훌훌 털어낼 만큼 그 심사가 허허롭지도 않다.
 그저 보통 사람이었다.
 당하면 갚아준다.
 그런 사람이다.
 그러나 조급해 하지 않았다.
 조급해한다고 당장 결과가 나오는 것이 아니다.
 다만 지금은 지금이 중요했다.
 순간, 순간 깨닫고 깨달아 자신을 닦아낸 이 순간을 묵현은 조금 더 깊이 깨우치려 했다.
 깨달음의 순간이라는 것이 영원한 것이 아니다.
 느낌은 찰나에 불과하다.
 깨닫는 과정은 그것을 아슬아슬하게 붙잡고 좀 더 깊이 자신에게 각인하는 과정이다.
 그랬기에 묵현은 담담할 수 있었다.
 비워서 채워나갔기에, 전보다 더 발전된 자신을 돌아

볼 수 있었기에 그럴 수 있었다.

그러다 묵현의 깊어진 사유의 과정이 어느 정점에 이르렀을 때 뭔가 머리에서 뻥 터지는 것 같은 소리가 들렸다.

그것은 각성의 순간이었다.

쌓이고 쌓였던 모든 것을 비워내고 채우는 과정 속에서 얻어낸 진실된 하나의 깨우침이다.

"……!"

순간 묵현의 두 눈이 부릅떠졌다.

세상의 명멸해가는 모든 진리와 법칙이 온전히 묵현의 뇌리에 각인되고 닦여나갔다. 이전에 깨달았던 모든 것이 이 한 번에 터져나가며 다시금 하나의 벽을 넘어섰다.

깨달음!

돈오의 순간은 그러했다.

쏟아진 시간 속에 가득 찬 신세계의 희열이 방긋 웃게 만든다.

무엇을 그리도 붙잡고 고민했던 것일까.

결국 무(武)라고 하는 것의 본질은 상대를 제압하고 죽이는 술(術)에 지나지 않는 것을.

그 안에 담겨진 진의라는 것은 단지 하나의 가지일 뿐인데.

묵가의 겸애가 무엇이라고 그리고 얽매었던 것이던가.

미련을 버리면 피안이 찾아온다.

틀을 벗어던지고자 했으나 벗어던지지 못함이었기에 이제야 진정 태를 벗고 새롭게 세상을 마주할 수 있었다.

결국 무의 종점은 하나였다.

만류귀종이라 했던가.

진리의 깨우침에 묵현은 자신도 모르게 흥이 돋았다.

스르릉.

마음이 이니 절로 기운도 일고 몸이 따른다.

정, 기, 신 삼위일체의 순간이었고, 손에 들린 검과 묵현이 하나가 됨이었으니 검신일체였다.

세상과 소통하며 또한 하나 됨이니 몰아일체라.

묵현의 손에 들린 검이 허공을 노닌다.

노닐고 노니며 하나의 형을 만들고, 하나의 식을 만들어낸다.

그것은 무초식의 초식이요, 무형식의 형식이다.

만변은 곧 무변이라 했던가.

무수히 많이 그어 내려간 검로가 합쳐지고 점은 선이 되고 선은 면이 된다.

덩달아 묵현의 신형은 빠르게 흐름을 타고 움직인다.

검이 움직이고 묵현이 그 뒤를 따르며 만들어내는 움직임.

그간 수많은 묵혈위사들이 묵가의 무공 위에 스스로의 무의(武意)를 덧씌웠다면 묵현의 손에 들린 검은 아예 처음부터 새롭게 하나의 그림을 그려냈다.

"합!"

그것은 또 하나의 묵룡검이었다.

아니 이것이야말로 진정한 묵룡검의 탄생이라 할 수 있었다.

토해내는 기합과 움직이는 손길, 그리고 검이 그려내는 하나의 화폭.

그 안에 묵룡검 전 육식, 후 육식의 진의가 묵현에 의해 오롯이 허공에 새겨졌다.

거대한 묵룡에 앞서서 모든 것을 막아서겠다는 굳은 의지는 세상을 길게 베어가는 하나의 초식이 되는 그것이 바로 제 일초 묵룡참이다.

휘이익—.

대기가 마찰하며 비명을 질렀다.

단순한 종 베기.

하나 그 안에 담긴 의지가 진정 묵룡을 베어버릴 것 같은 기세를 담아낸다.

그리고 기세가 담기며 하나의 식을 만들어낸다.

묵룡참!

그것은 진정 묵룡참이었다.

과거의 묵룡참과 다른 듯하나 닮았다.

이어진 묵현의 움직임 앞에 각각의 식이 진의를 담아냈다. 그러다 마지막 묵룡광천에 이르렀을 때 거대한 기의 파동이 대기를 흔들고 공간을 일렁이게 만들었다.

쩌쩡!

마치 무언가가 부서지는 듯한 소음이 터져 나오며 모든 것을 무로 돌릴 거력이 세상에 강림했다.

그것은 진정 광천이라 해야 했다.

엄청난 섬광이 모든 것을 파괴해버렸다.

"후우."

깊게 숨을 토해내며 묵현의 신명난 움직임이 그 끝을 고했을 때.

"……!"

스스로 펼쳐낸 것임에도 믿을 수 없는 결과가 눈앞에 드리웠다.

사방을 초토화 해 버린 힘.

씨익.

묵현의 얼굴에 설핏 미소가 떠올랐다.

그간의 고심이 이 한 번의 깨우침으로 보상받는 기분이 들었다.

아니 지나온 길의 결과였기에 후련하고 만족스러웠다.

이는 과거의 깨달음과는 또 다른 느낌으로 다가왔다.

과거 수많은 깨달음의 순간에도 느꼈던 희열이건만 지금 느껴지는 희열의 크기는 그것에 비할 바가 아니었다.

아니 사실 그것을 비교한다는 것 자체가 우스운 일이었다. 이미 북천에서의 싸움으로 인해 한 단계 성장했던 묵현이다.

게다가 자신이 지니고 있던 무공을 새로 정립하기까지 했었다. 하나 그것은 단지 쌓아올린 행위였다면 지금은 모든 것을 새롭게 만든 것이라 할 수 있었다.

이 둘 사이의 간극은 무척이나 크다 할 수 있었다.

일문의 종사!

지금 묵현이 이뤄낸 성과는 그것과 같다 할 수 있었다.

묵현은 이제 소림을 떠날 때가 되었음을 느꼈다.

아니 사실 지금도 늦었다.

생각했던 것 이상으로 너무 오랜 기간 소림에 머물렀기에 서둘러 길을 나서야 했다.

짝짝짝.

그런데 그때 한동안 모습을 보지 못했던 노승이 갑자기 나타나 박수를 치며 묵현에게 다가왔다.

"그래 어떠냐? 태를 벗어던진 기분이."

"나쁘지 않습니다."

"낄낄. 나쁘지 않다라. 제법 여물었구나. 이제야 드디어 내 선대 때부터 주어진 소임 하나를 마칠 수 있겠구나."

"그것이……?"

묵현의 눈가에 가득 의문이 떠올랐다.

단지 단순히 자신을 가르친 것은 아니리라 생각했지만 무언가 곡절이 있다는 뜻이 아닌가.

노승은 그런 묵현을 보며 고개를 끄덕였다.

"네놈은 묵혈신검이라 들어봤느냐?"

"예."

자신의 아버지가 들고 있던 것이 묵혈신검이었다.

그리고 그것은 당대 거자의 상징과도 같은 것이었다.

삼천현의 혈사 때 그 모습을 감추었지만 묵현은 언제고 그것을 찾으리라 마음먹고 있었다. 그런데 그것은 듣는 노승의 얼굴은 만족한 표정이 아니었다.

"끌, 이놈아! 태를 벗었다는 놈이 대답한다는 소리가 어찌 그리 한심한 것이냐. 그것이 진정 묵혈신검이라 생각하느냐?"

노승은 연신 혀를 차며 고개를 내저었다.

사실 마음 같아서는 전해주고 싶지도 않았다.

비인부전(非人不傳).

사람이 아니면 전하지 않는다 하여 비전이라 하는 것들이 있다.

묵혈신검 역시 그러했다.

그렇기에 더더욱 내키지 않았다.

이제 겨우 태를 벗었을 뿐, 아직 그 본질에 관한 인지가 부족한 묵현에게 과연 이것을 전하는 것이 옳은 일인가 고민되었다.

묵현은 노승이 고민하는 시간동안 뭔가 머리를 강하

게 내려친 것 같은 충격을 받았다.

 스스로 생각했던 상식이 깨어졌을 때 누구나 느끼는 약간의 혼란이었다.

 단순히 거자의 상징이라 생각했던 게 묵혈신검이다.

 그런데 그것이 전부가 아니라고 하니 머리가 헝클어지는 게 당연했다.

 하나 그것의 답을 찾기에 지금 묵현이 지닌 지식들은 전혀 소용없었다.

 묵현은 조용히 고개를 노승에게 숙여보였다.

 과거 묵현이었다면 절대 이렇게 쉽게 누군가에게 스스로를 낮추거나 그러지는 않았을 것이다.

 하나 지금은 달랐다.

 깨달음의 과실은 단지 무공에만 국한된 것이 아니었다.

 묵현 스스로의 내면에도 많은 성장을 가져다주었던 것이다. 부족함을 부끄러워하지 않고 자신을 낮출 수 있는 사람이야말로 진정한 현자라고 했다.

 "어르신, 가르침을 주십시오."

 "쯧, 따라와라."

 노승은 그 말과 함께 먼저 휘적휘적 걸음을 옮기기 시

작했다. 그리고 묵현은 서둘러 그 뒤를 따랐다.
'묵혈신검이라…….'
답답한 속내와 함께.
아직 숙제는 끝나지 않았다.

第四章

묵혈신검(墨血神劍) 上

노승이 휘적휘적 걸어 도착한 곳은 소림에서도 중요한 곳 중 하나인 참회동 앞이었다.
 처음 시작은 소림 내에서 죄를 지은 자가 스스로의 죄를 뉘우치기 위해 암굴을 파고 들어가 달마조사와 같이 면벽수련을 청하면서 만들어진 곳이다.
 그리고 이후 강호의 수많은 죄인들을 강제하고 가두게 되며 더더욱 중요한 금지 중 한 곳이 되어버린 곳이 바로 이곳 참회동이라 할 수 있었다.
 혹여 이곳 참회동에 변고가 생겨 그 안에 갇힌 죄인들이 강호를 나서기라도 하는 날이면 반드시 혈겁이 생긴

다 할 정도로 지금 이곳에는 이름도 거론하기 두려운 거마들이 존재하고 있었다.

그렇기에 특별한 일이 없으면 이곳 참회동은 절대 개방되지 않는 장소이기도 했다.

참회동에 도착한 노승은 잠시 아련한 기억 하나를 떠올렸다.

'사부, 진정 이게 최선이요?'

이제는 얼굴도 가물거리는 사부.

사실 노승이 묵현에게 가르침을 베푼 것은 선대의 업이었다. 피를 씻어내고 업을 풀어 진정한 묵혈신검을 전해주는 일. 선대 소림 신승이 당대 묵혈위사에게 했던 약속.

그것이 대를 물려 자신의 대에서야 이제 그 업을 풀 수 있게 된 것이다.

그리고 진정한 묵혈신검을 얻기 위해서는 먼저 그 태를 벗어야 한다.

한계에 구속된 무인은 얻을 수 없는 것이 신검이다.

신이 내렸다 해서 신검이다.

그것을 어찌 한낱 범인이 소유할 수 있겠는가.

각성을 한 사람만이 그 기운을 다스릴 수 있다.

그랬기에 노승은 먼저 묵현의 태를 벗게 한 것이다.

하나 그럼에도 노승의 마음 한 쪽은 편하지 않았다.

어찌하여 묵가에게 이리도 큰 은혜를 베풀어야 하는 것인지. 게다가 묵현에게는 짙은 살기가 베여있어 그것을 씻어내는 것도 그리 쉬운 일이 아니다.

아니 그것을 떠나 어찌하여 불가의 정수를 대가 없이 이리도 외인에게 베풀어야 하는 것인지 진정 이해할 수 없었다. 하나 그렇다고 선대의 유지를 거부할 마음 또한 존재하지 않았다.

인연의 실타래가 만들어낸 운명 앞에 어찌 한낱 인간이 거부하리요.

더군다나 선대의 업이질 않던가.

지금 그 의미를 모른다고 하여 스스로 곡해할 수는 없는 노릇이었다.

노승은 그런 자신의 불편한 속내를 한동안 다스린 후 다시금 걸음을 옮기기 시작했다.

"따라 오거라."

지금 노승이 향하는 곳은 다름 아닌 참회동 입구였다.

참회동 입구에는 이곳을 지키는 무승들이 자리하고 있었다.

형형한 눈빛으로 그 어느 누구의 침입도 불허하겠다는 굳은 의지를 보이고 있는 무승들이었지만 노승의 존재 앞에 그들은 조용히 고개 숙이며 자리를 비켰다.

이는 이미 노승이 미리 말을 전했기 때문이다.

게다가 방장의 윤허 역시 있었다.

그렇지 않았다면 무승들이 말없이 물러서지는 않았을 것이다. 그 대상이 설령 당대의 소림 신승이라고 해도 그것은 불변의 법칙이다. 그만큼 참회동의 출입은 아무나 할 수 있는 일이 아니었다.

묵현 역시 그러한 사실을 알고 있었다.

아니 묵천혈경에 그것에 대해 상세히 나와 있었고, 또 선대의 묵혈위사들 역시 이곳에 대한 침입만큼은 불가하다고 했었다.

소림의 참회동은 그것이 만들어진 후 강제로 침입당하지 않은 불가의 절대 금지.

힘으로 뚫을 수 있는 이는 단연코 존재한 적이 없었다.

수많은 기관과 참회동을 지키는 무승들의 높고 깊은 무위가 지금껏 그것을 가능케 했었다. 그런 사정을 잘 알고 있었기에 묵현은 노승이 자신을 이곳으로 이끈 순간부터 자신도 모르게 긴장해야 했다.

천년 소림, 절대 금지.

신화 속에 가려진 진실을 엿보듯 그 속으로 들어가는 길이었으니 어찌 긴장되지 않으랴.

꿀꺽.

자신도 모르게 목이 말랐다.

대체 이곳에 묵혈신검과 무슨 연관이 있는지 도통 알 길이 없었다. 그리고 노승의 표정을 보건데 이런 자신의 의문을 풀어줄 것 같지 않았다.

묵묵히 굳은 인상으로 걸어가는 노승의 모습에서 심상치 않은 기류가 절로 느껴졌다.

그만큼 지금 노승이 짓고 있는 표정은 무언가에 잔뜩 화가 난 것만 같아 보였다.

그래서 묵현 역시 묻고 싶은 말이 수없이 많았지만 꾹 참고 그저 묵묵히 그 뒤를 쫓았다.

입구를 지나 들어선 참회동의 첫 인상은 어둠이었다.

토굴을 파내 만든 곳이라 그런지 빛 한 점 들지 않았다. 게다가 오랜 세월 존재함으로 인해 사방은 눅눅한 습기로 가득 차 있었다.

저벅저벅.

노승은 그런 어둠과 전혀 상관없이 곧바로 걸어 나갔다. 그리고 그것은 묵현 역시 마찬가지였다. 이미 내경이 출신입화의 경지에 다다른 두 사람에게 빛의 유무는 그리 중요한 게 아니었다.

일반적으로 무공을 모르는 범인이었다면 한 발자국도 쉬이 내딛기 어려울 정도로 어두웠지만 지금 두 사람의 눈에는 안의 정경이 세세히 보였다.

저벅저벅.

한 동안 끝나지 않을 것 같은 침묵이 둘 사이에 흘렀다.

존재하는 것이라고는 오직 두 사람의 발자국 소리 뿐이었다.

노승은 노승대로 침잠한 상태였고, 묵현은 묵현대로 의문 가득한 심사를 풀길이 없다보니 자연 조용할 수밖에 없었다.

탁.

그러다 먼저 침묵을 깬 것은 노승이었다.

걸어가던 걸음을 멈춘 노승은 뒤를 돌아보며 묵현에게 말을 건넸다.

"지금부터가 진실 된 소림의 정수가 만들어낸 참회동

이자 금마옥이다. 행여나 하는 기우에 하는 말이지만 지금부터 네가 보고 듣고 겪을 모든 일들은 평생 네 가슴으로만 간직하여야 할 것이다. 그것이 소림과 묵가가 전대에 주고받은 맹약이며, 이는 당대 묵혈위사인 네가 지켜야 할 업이다. 알겠느냐?"

끄덕.

묵현은 노승의 진중한 말에 고개를 가만히 끄덕였다.

여전히 두 눈에는 짙은 의문이 남아있었지만 그것을 일부러 입으로 내어 표현하지는 않았다.

겪어보면 알 일이다. 대체 무슨 연유로 자신을 이곳으로 이끌었고, 또 이곳이 묵혈신검과 어떤 연관이 있는지는 차차 알아보면 될 일이었다.

그러니 지금은 그저 관조하며 안정을 취할 뿐이다.

이는 사실 묵현이 의식하지 못했으나 태를 벗어던지며 얻은 하나의 값진 결과였다.

절대의 부동지심이란 호수에 일어나는 파문에도 쉬이 움직이지 않는 것이다.

묵혈지공의 공능이 그러하다고 하지만 그것은 어디까지나 강제된 수법일 뿐, 결국 근본적인 부동은 아니다.

진실로 마음속에서 우러난 부동이야말로 진정한 부동

지심이다.

 그리고 묵현은 지금 그 부동지심을 자연스레 발현하고 있었다.

 누가 의식하지 않아도 저절로 평온한 마음의 상태.

 이것이야말로 진정한 부동지심이다.

 노승은 그런 묵현의 반응에 꿍해졌던 마음이 슬며시 풀리는 것을 느꼈다.

 선대의 연이요, 업이기에 건네주어야 하는 것이지만 자격이 아닌 이에게 그것을 전하고 싶지는 않았다.

 그런데 지금 묵현을 보니 제법 며칠 사이 제대로 여문 느낌이다. 그것은 처음 묵현의 상태를 살필 때와는 또 다른 느낌이었다.

 사별삼일이면 괄목상대라 하였다.

 묵현은 단지 이곳에 들어서며 자신의 기세에 영향 받아 또 한 번 한 걸음 나아간 것이다.

 이 정도면 능히 전해줘도 될듯 싶었다.

 그만큼 묵현의 모습은 매 시각 새로워지고 있었다.

 태를 벗어던짐의 진정한 의미를 체화한 것이다.

 "그럼, 들어가자."

 노승은 전보다는 한결 풀린 표정으로 참회동 한쪽에

숨겨진 기관을 움직였다.

 구그궁.

 그러자 앞을 가로막고 있던 토벽이 슬며시 옆으로 밀려나며 작은 암도 하나가 모습을 드러냈다.

 훅—!

 순간 암도를 타고 끈적끈적한 불쾌함이 한꺼번에 몰려왔다.

 그것은 지독한 마기였다.

 게다가 쾌쾌한 냄새에서 이곳이 얼마나 닫혀있었는지 짐작조차 하기 어려울 정도였다. 그만큼 단지 암도가 모습을 드러낸 것인데도 풍기는 분위기는 심상치 않았다.

 꿀꺽.

 묵현은 자신도 모르게 침을 삼켰다.

 묘한 떨림이 전신에서 느껴졌다.

 긴장감.

 언제 느껴본 것인지도 모를 불길하고 불안한 느낌이 전신에 휘몰아쳤다.

 그것은 마치 잊을 수 없는 자극과도 같았다.

 "후욱."

 묵현은 깊이 숨을 들이켰다.

이 앞에 무엇이 존재할지 몰랐지만 지금 느끼는 긴장감은 나쁘지 않았다.

신경을 톡톡 건드리고 가는 기이하고 이질적인 위화감이 우습게도 묵현의 입가에 미소를 만들었다.

씨익.

묵현은 잠시 노승이 먼저 앞장서기를 기다렸다 그 뒤를 따라 암도에 몸을 날렸다.

피부를 간질이는 이 묘한 느낌, 살 떨리는 긴장감.

묵현에게 그것은 무인이 느끼는 본능처럼 무척이나 익숙한 것이었다.

생과 사.

둘 사이의 간극을 나누는 다툼 속에서나 느낄 수 있던 느낌과 그것은 무척 흡사했다.

그렇기 때문에 익숙하지 않으려야 익숙하지 않을 수가 없었다.

묵현 자신이 그 피의 사선을 뚫고 올라선 강자기에 더더욱 그랬다.

이때까지만 해도 묵현은 단지 지금 자신이 느끼는 느낌이 참회동의 거마들이 흘리는 기운이라고만 생각했었다.

번쩍!

그런데 막상 노승의 뒤를 쫓아 걸어간 암도 끝에 시야를 뒤덮는 섬광이 지났을 때 그것이 자신의 착각임을 알게 되었다.

"……?"

그곳은, 아니 지금 눈앞에 펼쳐진 정경은 지금까지 자신이 생각하던 참회동의 모습이 아니었다.

세간에 퍼진 소문과는 전혀 다른 풍경이었다.

인세에 다시 없을 거마라 알려진 악인들만 잡혀서 온다는 참회동.

묵현은 그렇기에 암도 끝에는 거마들이 갇힌 감옥이 나오리라 생각했었다.

그런데 지금 눈앞에 펼쳐진 정경은 온갖 기화요초가 처처에 피어있고, 아늑한 느낌이 물씬 풍기는 풍경이 가히 선경이라 할 만 했다.

노승은 그런 묵현의 반응이 재미있는지 한동안 표정을 살폈다.

그러다 천천히 입을 열었다.

"놀랐느냐?"

묵현은 그런 노승의 질문에도 대답할 생각도 못한 채

그저 충격으로 헝클어진 머릿속을 정리하기에 바빴다.

그만큼 참회동의 모습은 엄청난 반전이었다.

"쯧쯧, 태를 벗었다는 놈이 기껏 한다는 짓이 겨우 그것이더냐?"

노승은 연신 혀를 찼다.

묵현은 그제야 다시금 주변 풍경을 살피기 시작했다.

"……!"

그것은 선경이 아니었다.

아니 어쩌면 무인에게 있어 가장 최악의 지옥이라 할 수 있었다.

참회동 곳곳에 자리한 기운을 느끼는 순간 눈앞에 보이는 것은 더 이상 진실이 아니었다.

"쯧, 이제 겨우 보이더냐? 사물의 본질을 살펴야지, 어찌 한낱 외양에 정신을 놓는 것이냐. 태를 벗었다 함의 의미가 무엇이더냐. 그것의 진실 된 의미는 세상에 존재하는 진실 된 진리를 겨우 엿볼 수 있게 되는 것이 아니더냐. 쯧, 쯧."

묵현은 노승의 질책을 들으며 부끄러워졌다.

이제 겨우 한 발자국 더 나아갔다고 생각했으나 아직 완전히 그것은 자신의 것이 아니었다.

실로 노승의 말이 날카로운 비수가 되어 묵현의 가슴을 헤집었다.

"본디 밝음이란 어둠이 있기에 존재하는 것이다. 그렇기에 네가 본 허상은 단지 그 밝음이었을 뿐이거늘, 더욱 정진하거라. 한낱 미몽에 헤매서는 절대 신검을 얻을 수 없으니!"

노승은 그 말을 끝으로 조용히 불호를 읊조렸다.

"아미타불."

나직한 그 음성이 다시금 묵현의 가슴에 묵직하게 하나의 파문을 만들었다.

"귀중한 가르침 감사합니다."

지금 노승이 건네는 말들은 전부 값을 매기기 어려운 고절한 깨달음의 전언이었다.

아무리 선대의 업이 있다고 하더라도 절대 쉬이 줄 수 있는 가르침이 아니었다.

그만큼 노승의 말에 담긴 깨달음의 깊이는 지금 묵현에게 있어 가히 쫓기 어려운 아득한 경지였다.

그것은 단지 무의 경지를 나눔이 아니었다.

정신의 깊고도 깊은 깨우침.

무공에 대한 가르침은 아닐지라도 상승의 공부로 갈

수 있는 하나의 화두였다.

그렇기에 묵현은 진심으로 다시금 노승을 향해 고개를 숙여보였다.

눈앞에 보이는 선경의 진실 된 모습.

오직 태를 벗어던진 사람만이 마주할 수 있는 진실은 실로 가공했다. 아니 불가의 정화가 숨 쉬는 소림이 아니면 그 어디서도 구현하기 어려운 것이라 할 수 있었다.

본디 무인에게 있어 가장 중요한 것은 무공이라 할 수 있다.

그런데 이곳 참회동은 그러한 무인의 내공 중 정공이 아닌 삿된 기운을 배재하고 있었다.

그렇기에 인세에 다시 없을 악인들에게 이곳은 현세의 지옥이라 할 수 있었다.

삿된 기운을 배재하기 때문에 그 어떤 마공도 이곳에서는 소용이 없었다.

조금씩 주변의 기운에 휩쓸려 저절로 산공이 이뤄지는 곳. 소림의 절대 금지, 참회동이 지닌 진실 된 모습은 바로 이것이었다.

아마도 소림이 이곳에 거마를 가둔 이유는 바로 이 기

이한 기운들 때문이리라.
 그 어떤 구속도 하지 않았다.
 하나 그 누구도 이곳에서는 힘을 쓰지 못한다.
 게다가 그것은 지극히 자연스럽다.
 그 신비를 파악하고 싶었지만 아직 묵현의 깨달음으로는 그것이 가능하지 않았다.
 그만큼 지금 이곳 참회동 안에 펼쳐진 기운은 가히 신비, 그 자체였다.
 그리고 그것을 이해한 순간 묵현은 다시금 깨달았다.
 왜 이곳에 들어서기 전에 암로에서 그토록 기이한 느낌에 자신이 긴장했었는지를.
 어둠이 존재하였기에 밝음이 있는 것처럼 이곳의 기운이 있기에 이곳 영역 밖의 암로는 지독한 살기가 만연했던 것이다.
 참으로 놀라운 일이었다.
 하나 그것과 자신이 이곳에 들어선 것에 어떤 관계가 있는지, 묵현은 그것이 궁금했다.
 "그런데……?"
 묵현이 막 입을 열려는 순간 노승이 손을 저었다.
 "쯧, 내 그리 이야기를 했건만 네 놈의 품에 담긴 것은 겨우 한 줌이구나. 이놈아 네놈을 굳이 내가 왜 이곳까지 데리고 왔겠느냐. 네놈은 진정 그것을 느끼지 못한 것이더냐! 네놈! 네 녀석의 몸에 베인 그 진득한 살업의 고리를!"

 노승의 외침이 메아리라 되어 묵현의 가슴을 진탕했다.

 그것은 불문의 사자후였다.

 이는 노승이 의도한 것이었다.

 "신검이 왜 신검이고, 신이 내리는 병기라 하더냐! 일체의 삿됨이 존재하지 않기 때문이지 않더냐! 허면 네놈의 몸과 네놈의 그 검에 켜켜이 쌓이고 쌓인 지독한 독기를 죄다 버려야 그것을 얻을 것이 아니더냐!"

 번쩍!

 순간 노승의 두 눈에서 정광이 토해졌고, 어느새 가사는 빳빳해졌다. 이어 노승의 배가 불룩해졌다가 홀쭉해지며 뭔가 토해졌다.

 그것은 순식간에 일어난 일이었다.

 픽!

 눈앞에 선연히 보일 정도로 선명한 기운이 노승에 입에서 바람 빠지는 소리와 함께 쏜살같이 쏘아졌다.

노승이 불문의 정화라 이야기 한 것이 바로 이것이었다.

 발타선사가 처음 소림사의 문을 연 후 보리달마, 육조 혜능을 지나 무수히 많은 고승들이 이룩해 낸 불문의 정화는 다름 아닌 지극히 지극한 불기(佛氣)였다.

 토해내는 숨결에 파사의 힘을 깃들게 하는 힘.

 끊임없이 스스로를 다스리고 다스려 오욕칠정의 번뇌를 이겨내야만 얻을 수 있는 기운.

 지금 묵현의 가슴을 울린 기운은 그렇기에 단순한 기운이 아니었다.

 천년 소림.

 무수히 많은 세월이 지나면서도 오직 소림 신승만이 베풀 수 있는 불가 무학의 극의였다. 그리고 그렇기에 노승이 묵현에게 전하기 싫어했던 것이다.

 지금 내 뱉은 기운을 만들려면 십 수 년을 오직 고행과 수련만 해야 얻을 수 있는데 어찌 그것을 외인에게 전하고 싶을까.

 게다가 기운이 가지는 공능은 가히 간단치 않았다.

 마치 씨를 뿌리듯 기운은 하나의 단이자 씨라 할 수 있었다.

묵혈신검(墨血神劍) 上 143

항마신기(降魔神氣).

이 지극한 도에 이르러 개화하는 기운은 단지 지니고 있는 것만으로도 파마멸사의 힘을 발휘할 수 있게 만들었다. 그리고 일체의 잡념에 벗어날 수 있었으며 주화입마에 빠질 일도 없었다.

이것만 해도 무가지보일 것인데 단지 이것은 항마신기가 지닌 공능에서도 일부에 불과했다.

단이자 씨라 할 수 있는 항마신기를 가슴에 품은 이는 그것은 자신의 기운에 융해할 수 있었다.

그리고 그렇게 함으로 인하여 그간 쌓아온 악업의 무게를 벗어버릴 수 있었고, 게다가 이를 통해 병장기에 신성을 부여할 수 있었다.

신성을 부여한다는 것.

바로 그것이 진정한 신검을 얻는 길이었으니 그 공능이 어찌 간단하다 할 수 있으랴.

하나 노승은 그것에 대해서는 구구절절하게 묵현에게 말하지 않았다.

말하지 않아도 느낄 수 있는 것을 구태여 말할 필요가 없었기 때문이다. 무엇보다 태를 던진 이라면 능히 그것의 진가를 알 수 있다.

부릅!

"……!"

묵현의 두 눈이 순간 커진 것은 노승이 막 기운을 전하고 난 직후였다.

쿵!

하나의 울림이 묵현의 내부에서 일어났다. 그것은 노승이 직접 강제로 묵현의 내부에 전하는 불기였다.

너무도 큰 은혜였다.

무엇보다 삿된 기운을 멸하는 이곳 참회동에 들어오게 한 것만도 크나큰 은혜이건만 어찌 이리도 감당치 못할 은혜를 베푸는 것인지.

묵현은 자신도 모르게 감복하며 노승을 향해 절을 올리기 시작했다.

일배, 이배, 삼배…….

절은 계속 이어졌고 이윽고 구배가 되었을 때 묵현은 천천히 몸을 일으켰다.

"진정으로 소림의 호의에 고개 숙입니다."

받은 은혜에 비해 지금 묵현 자신이 할 수 있는 것은 단지 이것뿐이었다.

범인의 예로 그것을 대신함이 못내 죄송했다.

하나 노승은 개의치 않았다.

오히려 묵현의 진심이 담긴 행동에 너털웃음을 토했다.

그것으로 된 것이다.

비록 처음에야 전하기 싫었으나 이미 전한 마당에 무엇이 필요하랴.

상대가 그것에 대해 진심으로 감사함을 느꼈으면 된 것이다.

이제 노승에게도 단지 선대의 업이라는 허울은 존재치 않았다.

묵현의 진심에 노승 역시 진심으로 그것을 받아들였다.

"너와 나 사이에 그 연이 비록 이어짐이 힘들지라도 내 마음에 너는 꽤나 괜찮은 제자로 남을 것이다. 그러니 괘념치 말라. 정히 느낀 바가 있다면 앞으로 사람의 생을 거둘 때 세 번은 생각하거라. 그리고 반드시 이곳에서 신검을 얻어 나오기를 바란다."

노승은 그 말을 끝으로 휘적휘적 다시 참회동을 벗어나 그 자취를 감추었다.

묵현은 그동안 여전히 고개를 숙인 채 노승의 뒷모습

을 향해 깊게 읍했다.

 그리고 그런 묵현을 지켜보는 사람들이 있었다.

 그들은 바로 소림신승이 참회동에 모습을 드러냈을 때 서둘러 몸을 숨긴 이들이었다.

 한 명은 신선풍의 길게 자란 수염을 한 노인이었고, 또 다른 하나는 마치 장비와도 같이 여기저기 뻗친 수염과 부리부리한 눈망울을 가진 노인이었다.

 "형님, 누군 거 같습니까?"

 먼저 입을 연 이는 부리부리한 눈망울을 지닌 노인이었다. 그의 말투는 마치 쫓기는 사람처럼 신경질 적이고 퉁했다.

 "글쎄, 중요한 것은 놈의 무공이다."

 대답을 하는 신선풍 노인의 목에서 나온 음색은 지극히 차가웠다.

 "무공이라니요? 허면 저 녀석은 무공을 지닌 채 왔단 말입니까?"

 그것은 있을 수 없는 일이었다.

 지금까지 참회동이 생긴 이래로 단 한 번도 그런 적이 없었다.

 아니 사실 이곳에 들어올 이가 과연 누가 있겠는가.

그것도 온전히 무공을 지닌 채 들어온다는 것은 소림에서도 무척 중요한 인물이라는 말인데, 그런 이라고 보기에는 그 기도가 무척이나 달랐다.

 더더욱 대업을 앞둔 시기에 정체를 알 수 없는 외인의 등장은 부리부리한 눈망울의 노인이나 신선풍의 노인 입장에서는 좋지 않은 일이었다.

 "은은히 느껴지는 기파를 봐도 그렇고, 녀석이 그 빌어먹을 땡중놈과 웃으며 온 것도 그렇고 아무래도 우리랑은 다른 것 같다."

 하나 진실을 외면하고픈 부리부리한 눈망울의 노인과 달리 신선풍의 노인 입에서 나온 대답은 잔인했다.

 그것이 진실이기에 더더욱 그랬다.

 외면하고 싶다고 외면할 수 있는 문제가 아니었다.

 "제길! 그러면 계획은 어쩝니까?"

 부리부리한 눈망울의 노인의 눈가에 잔주름이 떨렸다.

 지금까지 오직 하나의 일념으로 버틴 세월이다.

 그런데 그게 지금 코앞에서 자빠뜨려질지 모른다 생각하니 자신도 모르게 마음이 조급해졌다.

 그것은 신선풍의 노인 역시 같은 입장이었다.

 다만 무리를 이끄는 수장이었기에 그것을 일부러 티

를 내지 않았을 뿐이다.

"일단 녀석이 어떤 놈인지 확인해 보는 게 우선인 거 같다."

지금 자신들이 뭘 어떻게 할 수 있는 방법이라고는 그것 말고는 딱히 없었다.

어차피 상대의 성향을 알아야 이쪽의 대응도 달라질 수 있는 것이니 묘안이라면 묘안이었다.

다만 이렇게 소극적인 대응 말고 방법이 없다는 사실이 신선풍의 노인을 서글프게 만들었다.

지나간 영화를 되돌릴 수 있는 것은 아니지만 그때 그 시절의 호기롭던 자신을 떠올리면 작금의 상황이 속을 쓰리게 했다.

독행마 담철.

자신의 이름 하나면 그 무엇도 두렵지 않던 시절이 있었다. 사실 어디 그게 자신뿐이겠는가.

지금 자신의 옆에 있는 아우역시 한때 강호를 주름잡던 거마인 것은 마찬가지다.

패력마 경홍.

녀석의 손에 찢겨 죽은 이가 수천은 넘었으니 말이다.

담철은 애써 분한 마음을 누르고 평정을 유지하려 애

썼다. 그래도 자신이 중심을 잡아야 한다.

성질대로 나섰다가 후회로 점철된 세월을 보낸 것은 한 번으로 족했다.

"경홍아, 무석이를 불러야겠다."

담철의 말이 끝나기도 전에 경홍이 버럭 소리를 질렀다.

"형님! 안 됩니다!"

경홍의 입장에서 담철을 말려야 했다.

아니 반드시 막아야 할 일이었다.

지금 담철이 이야기하는 무석이 하고 있는 일은 대업을 위해서 반드시 필요한 일이었다.

그리고 그 일은 무석 말고는 할 수 있는 이가 없었다.

더더욱 지금은 무척 중요한 시기라 할 수 있었다.

단순히 자리를 비워 문제가 생기겠냐싶지만 무석이 하고 있는 일의 성격상 자리를 비워서는 될 일이 아니었다.

하나 담철의 의지는 이미 굳혀졌다.

"안다. 무석이가 하고 있는 일이 얼마나 중요한지를. 하나 이 일에 무석이가 필요하다."

아무리 생각해도 나머지 인원들로서는 지금 눈앞의

사내가 어떤 사람인지 파악하기 어려울 것 같았다.

그렇기에 담철 역시 무석의 일이 어떠한지 알고 있음에도, 그리고 그것이 자신들의 대업에 큰 축임에도 부르라고 하고 있는 것이었다.

"차라리 제가 나서겠습니다."

경홍은 경홍대로 입장을 굽히지 않았다.

그만큼 무석의 일은 중요했다.

자신들에게 가해진 이 천형과도 같은 금제에서 벗어날 유일한 수단은 오로지 무석, 그의 손에 달려있었기 때문이다. 그러나 담철은 더욱 강한 어조로 경홍의 의지를 꺾으려 들었다.

그만큼 왠지 모르게 묘한 느낌이지만 눈앞의 존재가 신경을 건드렸다.

마치 그를 막지 못하면 이번 일의 성공을 장담할 수 없을 것만 같았다.

아니 자신들 전부가 이대로 몰살할 수도 있다는 느낌이 들었다.

그만큼 눈앞의 사내가 풍기는 기세는 지극히 위험했다.

다른 누군가는 느끼지 못해도 담철 자신만은 이런 느

낌을 잘 알고 있었다.

 본능적으로 피부를 저릿하게 만드는 기세.

 과거 담철은 그런 존재와 맞섰던 적이 있었다.

 그리고 그 결과 지독한 내상을 입었다,

 결국 종내에는 소림신승에게 압송되는 신세로 전락하고 만 것이다.

 만약 '그'와 부딪치지 않았다면 제아무리 소림신승이라고 해도 자신을 강제할 수 없었을 것이다.

 독행마라는 별호는 거저 얻은 게 아니었다.

 비록 자신의 역량이 소림신승에 못 미친다고 해도 승부를 결하지는 못하더라도 도망치는 것이라면 능히 가능하다 할 수 있었다.

 그렇기에 감히 홀로 존재했었던 것이지 그렇지 못했다면 진즉 누군가의 밑으로 들어갔을 것이다.

 그랬기에 이곳에 끌려온 순간부터 단 한 번도 결과에 승복하지 못하고 이를 갈았다.

 만약 그렇지 않았다면 어쩌면 자신은 이대로 생을 마감했을 지도 모른다.

 그만큼 이곳 참회동은 그리 괴로운 곳은 아니다.

 평생을 갇혀 지내야 한다는 점과, 일신의 무위를 포기

해야 한다는 사실만 제외하고는 그럭저럭 살만한 곳이기도 했다.

 물론 승복했었다면 말이다.

 "불가!"

 하지만 그렇다고 단지 느낌일 뿐인 것을 가지고 경홍에게 자신의 입장을 설명할 수는 없는 노릇이었다.

 아니 사실 그러고 싶지 않았다.

 어떻게 자신이 먼저 일을 열어 말 할 수 있겠는가.

 그 날의 처참했던 기억은 누구에게도 말 못할 자신만의 비밀이었다.

 어찌 스스로 말하랴.

 묵가의 한 무사에게 처참히 부서졌다는 사실을.

 단 일초로 제대로 상대에게 가격하지 못하고 그대로 떡이 되도록 두들겨 맞았다는 사실을 어찌 말 할 수 있으랴.

 그것은 절대 말 할 수 없는 일이었다.

 그러니 담철이 할 수 있는 일은 그저 이런 억지 말고는 없었다.

 문제는 경홍이 그것을 그대로 받아들일 성격이 아니라는 사실이다.

사실 경홍 역시 그리 호락호락한 인물이 아니었다.
비록 지금에서야 담철에게 고분고분 형님, 형님 소리 해대며 쫓아다니지만 경홍 역시도 강호에서는 큰 소리 꽤나 치던 인물이었다.
패력마.
경홍이 지나간 자리에는 온전히 보전된 시신을 찾아보기 어렵다고 할 정도로 패력마라는 별호는 그야말로 강호를 주름잡던 거대한 이름 중 하나였다.
게다가 경홍, 스스로가 가진 신력은 가히 누가 뭐래도 강호에서 손꼽힐 정도라 할 수 있었다.
괜히 천생신력이란 말이 붙는 게 아니라는 사실을 증명하기라도 하듯, 경홍은 무공이 제압당한 상태에서도 오직 순수한 근력만으로 한 시진 이상을 버텨낸 그야말로 거물 중 하나였다.
그런 그이기에 담철의 억지에 반발하는 것은 당연한 일.
"형님!"
목에 핏대를 세우며 치켜든 눈망울에는 불만이 잔뜩 어렸다.
당장이라도 달려들 것만 같은 기세였다.

만약 평범한 이가 마주했다면 단지 기세만으로도 충분히 위압감을 느낄 만큼 지금 경홍이 뿜어내는 기세는 거칠었다.

하나 그것을 마주한 이는 다름 아닌 독행마 담철이었다.

평생을 홀로 수라장을 걸어온 담철에게 이 정도 기세는 아무것도 아니었다.

"그만! 무석이를 불러! 명령이다."

"형님!"

경홍은 끝끝내 자신의 의견을 무시하는 담철을 향해 다시금 원망어린 목소리로 외쳤다. 지금 무석은 절대 움직여서는 안 된다.

그것은 자신도 알고 담철도 알고 있는 사실이다.

만약 무석이 단순히 무언가를 맡았다면 몰라도 지금 그가 하고 있는 일은 바로 이곳을 벗어나기 위한 모두의 염원이 담긴 가장 중요한 일이었다.

그것에는 그 어떤 것도 우선시 될 수 없다.

이는 상대가 담철이라고 해도 예외가 아니다.

적어도 이곳 참회동을 살아가는 이라면 피할 수 없는 절대 명제와도 같은 일이다.

경홍에게, 아니 경홍은 그리 여겼고 그리 생각하고 있었다.

그랬기에 지금 담철의 명령 역시 따를 수 없었다.

"거부합니다!"

동시에 경홍의 눈에 핏발이 섰다.

우두둑,

근육 곳곳에 어린 기운이 곧 폭발할 것처럼 부풀어 올랐다.

그것은 죄인이라면, 마인이라면 그 가진 바 기운이 저절로 소멸된다는 이곳 참회동에서 패력마 경홍이 새로 쌓은 기운이었다.

오직 순수한 외공 하나만을 두고 수련하여 만들어낸 기운. 이른바 외력지기라 불리는 내공과 그 궤를 달리하는 그것이 지금 오랜 시간을 격하고 눈을 떴다.

그것도 다름 아닌 같은 편이라 할 수 있는 독행마 담철을 상대로.

스윽.

담철은 그런 경홍의 기세를 가볍게 손을 저어 흩어버렸다.

"그만! 더 이상의 도전은 받아들이지 않겠다!"

이어 신선풍이던 얼굴이 흉신악살과도 같이 흉험해졌고, 이어 그 기세가 살을 가를 듯 날카롭게 벼려졌다.

이는 패력마 경홍의 몸에서 뿜어진 기세와는 또 달랐다.

독행마 담철.

오직 그만이 가진 고유의 기운이었다.

절대적 기세.

무를 잃고 새로 얻어낸 절대의 기세였다.

이가 없으면 잇몸으로.

이곳 참회동에 갇힌 마인들은 모두 무공을 잃었다.

하나 그렇다고 해서 그들의 머리에 있는 지식이 죽은 건 아니었다.

그렇기에 만들어진 다양한 사공이학들.

불완전하며 기괴했던 기공들은 대를 거듭하며 점차 발전했고, 또 새로운 마인들이 유입될 때마다 조금씩 수정 보완되어 왔다.

그 결과 패력마 경홍이 익히고 있는 것과 같은 외력지기나 지금 담철이 익히고 있는 절대의 기세나 모두 그렇게 만들어졌다.

그리고 그 중 독행마 담철, 그가 지닌 절대의 기세가

이곳 참회동 내에서는 거의 절대적 강함을 상징했다.

그랬으니 담철이 이곳 무리의 수장으로 활동할 수 있었던 것이지, 그렇지 않았다면 감히 어림도 없는 일이었다.

애초에 마인들에게 장유유서란 웃기지도 않은 예법이고, 또 배분 역시 무시했다.

강함!

이곳에 들어선 마인에게 그것은 법(法)이고 율(律)이다.

으드득.

패력마 경홍은 담철의 기세에 대항하려 했지만 점차 자신이 밀리는 것을 여실히 느낄 수 있었다.

이미 앙다문 입가로 선혈이 보였다.

하나 그렇다고 물러설 수는 없었다.

하나의 염원으로 버틴 세월이다.

지금 그것이 엎어질지도 모른다는 생각에 더더욱 필사적이었다.

"…무, 무석은 아, 안됩니다!"

담철은 요지부동 고집을 부리는 경홍의 모습에 다시금 미간을 찌푸리며 뭔가 한마디 하려했다.

그런데 그때였다.
"무석이 누구기에 그러지? 게다가 당신들은 또 누구고?"
묵현의 목소리가 지척에서 들렸다.

第五章

묵혈신검(墨血神劍) 中

사실 처음에는 크게 신경 쓰지 않았다.
 그저 이곳에 먼저 들어와 살고 있는 이들의 문제라 생각했었다.
 참회동 역시 사람이 사는 곳일진대 어찌 다툼이 없으리라 여겼다.
 그랬기에 귀를 간질이는 수많은 소음에도 신경 쓰지 않았다. 아니 애초 소림신승이 개의치 않아 했으니 자신 역시 크게 간섭할 이유는 없다고 생각했다.
 이미 태를 벗은 자신에게 그 어떤 것도 이목에서 벗어날 것은 없었다.

더군다나 조잡한 진법으로 스스로를 가린 이들이란 더더욱 그랬다.

그만큼 태를 벗었다는 것은 차원의 문제였다.

남들과 다른 것을 보고, 다른 것을 느끼며, 다른 것을 행할 수 있는 힘.

껍질을 벗어던짐은 바로 그러함을 의미한다.

그랬기에 깨달음을 얻어 한 발 나아간 이와 그렇지 못한 이, 둘 사이의 간극이 무한한 차이를 보이는 것이다.

그런데 대화를 듣다보니 뭔가 묘했다.

마치 자신을 가운데 두고 벌어지는 것 같은 다툼, 묵현은 그래서 호기심이 생겼다.

처음에는 자신에게 진정한 가르침을 두고 떠난 소림신승을 기리느라 그저 모기처럼 귀에 웽웽거리는 소리로만 들리던 것이 마음을 먹자 곧 바로 누군가 옆에서 속삭이는 것처럼 크게 들리기 시작했다.

그런데 듣고 보니 가관이지 않은가.

게다가 지금 이들은 큰 착각을 하고 있었다.

소림신승이 진정 이들의 행태를 몰라서 넘어갔다고 생각하는 것인지.

묵현 자신보다 더 깊은 깨우침을 지닌 이가, 묵현 그

스스로 보고 들을 수 있는 것을 느끼지 못했을 리 없다.
 그저 무시했을 뿐.
 어쩌면 소림신승이 자신에게 마지막으로 내린 가르침이란 것이 바로 이 때문이었는지도 모르겠다는 생각이 들었다.

생을 거둠에 세 번의 생각을 하라!

 그렇게 여기고 보니 또 그런 것 같다.
 아니 그것이 맞을 것이다.
 소림신승은 저들을 자신에게 맡겼다.
 딱히 입으로 소리 내어 표현하지 않았지만 묵현은 느껴지는 바가 있었다.
 '인연… 인연이란 것인가.'
 본디 진정한 계도란 단지 가둬둔다고 끝나는 것이 아니다. 상대가 스스로 죄를 뉘우치지 못하는데 가둔다고 뭐가 달라질까.
 원만 깊어질 뿐.
 그럼에도 소림이 스스로 나서서 죄인을 거두어 가두는 이유는 다름이 아니다.

더 이상의 악행이 세상에서 비켜서길 바라는 마음에서 행하는 불가의 희생이다.

소림신승은 이에 하나를 더한 것이다.

어차피 나갈 이들이라면 그들을 거둬 올바른 길로 계도할 튼실한 감시자가 필요했으리라.

그리고 그것은 묵현의 몫이었다.

무언으로 전한 하나의 의무.

씨익.

묵현은 가만히 웃었다.

이 어찌 아니 웃을 수 있으랴.

본디 질서를 어지르는 분란요소를 제거하는 것이 바로 묵가의 이념이요 행함이다.

게다가 묵혈위사는 바로 그러함에 특화된 존재!

이는 바로 묵현의 전문 분야라 할 수 있었다.

'스님, 거두라면 거두겠습니다.'

악행을 거듭했던 마인이래도 상관없다.

두들기고 두들기면 변하기 마련.

게다가 대를 이어온 피 튀기는 전쟁이 아직 끝나지 않은 당금의 묵가가 처한 입장에서도 그것을 그리 나쁜 선택지가 아니었다.

한정된 숫자, 한정된 무인으로 상대를 맞이하는 데는 한계가 있기 마련이다.

제아무리 자신이 홀로 강해도 열 손을 다 막을 수는 없는 법.

이참에 충실한 수문장 하나 구한다 생각하기로 했다.

결심이 선 순간 묵현의 신형이 흔들리며 순식간에 독행마 담철, 패력마 경홍 둘이서 언쟁을 벌이고 있던 진안으로 스며들었다.

스르륵.

소리를 새어나오지 않게 하며, 모습을 감추는 효용으로는 천하의 일절이라 불리는 십방미로환상진이 담철과 경홍 주위에 펼쳐져있었지만 묵현에게 그것은 어떠한 걸림도 될 수 없었다.

극에 이른 부동지안과 묵룡보 앞에 그 어떤 절진도 묵현에게 있어 그저 평범한 길일뿐이었다.

"무석이 누구기에 그러지? 게다가 당신들은 또 누구고?"

묵현의 시선이 향한 곳은 독행마 담철의 정면이었다.

이어 곧 싸울 것 같던 독행마 담철과 패력마 경홍의 안색이 하얗게 변했다.

그만큼 생각지고 못한 의외의 상황에 둘은 지금 정신이 없었다.
어떻게 자신들의 은신이 들킨 것인지.
아니 그것보다 중요한 것은 상대가 자신들의 대화를 얼마나 엿들었을지…….
질끈.
순간 담철은 그간의 모든 노력이 이 한 번에 물거품이 됨을 직감적으로 깨달았다.
눈앞이 깜깜해졌다.
'성급했다!'
상대의 역량을 제대로 파악하지 못한 자신의 실책이었다.
뼈저리게 아픈 실수였다.
참회동에 소림신승이 들어섬을 느끼자마자 그것을 염탐하기 위해 나선 것 자체가 돌이킬 수 없는 잘못된 결정이었다.
하나 그렇다고 이대로 넋 놓고 당할 수는 없었다.
'내가 죽더라도 친다!'
순간 독행마 담철의 눈가에 으스스한 살기가 슬쩍 떠올랐다. 그리고 그것은 패력마 경홍도 마찬가지였다.

'형님! 제가 먼저 손을 쓰겠소!'

무언의 대화가 둘 사이에 조용히 흘렀다.

"다시 묻지. 무석이 누구지?"

이어 다시금 묵현의 질문이 귀에 들렸을 때 경홍이 먼저 움직였다.

"하압!"

어차피 상대가 이 한 번의 공격에 뭐 어찌 될 것이라는 생각을 한 것은 아니었다.

경홍은 단지 약간의 시간을 벌어주기 위해 나선 것이다.

자신과 담철, 둘 다 힘을 합쳐도 이길 수 없다.

그것은 무공을 지니고 있는 자와 없는 자의 근본적 차이다.

아니 내공의 힘을 지니고 있는 무인과 그렇지 못함이 만들어낼 예견된 결과라 할 수 있었다. 다만 이렇게라도 발악을 해야 자신들만의 희생으로 모든 것이 묻힐 수 있기에 선택한 일이다.

무슨 거창한 희생정신?

애초 경홍 자신이나 담철이 그런 고귀함을 지니고 있을 리 없다.

단지 지독한 복수를 위해 나선 것이다.

뼈에 사무치는 원한을 갚기 위해서, 오직 그 하나의 정의를 위해 몸을 던졌다.

단지 약간의 시간만 벌 수 있다면, 그것으로 족했다.

어차피 상대가 제 아무리 대단한 인물이래도 이곳 참회동에서 마음먹고 스스로를 감추고자 한다면 그 어느 누구도 무석을 찾을 수 없을 것이다.

그는 그런 인물이다.

지난바 무공은 볼품없었으나 그 악마적 두뇌로 세상을 조롱하며 살았던 자.

과거 하늘이 내린 머리라 하여 천뇌(天腦), 하늘이 내린 지혜라 하여 천혜(天慧), 천뇌천혜라는 별호로 세상을 살았으나 결국 권력자의 비열한 암수에 모든 식솔을 잃고 스스로 마의 길을 걸었던 진천마뇌(振天魔腦) 무석.

그가 있었기에 참회동의 모두는 세상으로 나감을 꿈꿀 수 있었다.

불가의 비전으로 모든 마를 가둬버린 절대의 뇌옥 참회동, 보이지 않는 수많은 절진이 가득 들어찬 공간, 그렇기에 누대를 거쳐 수많은 마인들이 이곳에 갇혀 절망하며 세상을 원망했었다.
 무석, 그가 나타나기 전에는 그랬다.
 하나 무석, 그가 있는 지금은 아니었다.
 누구도 가두리라 여겨졌던 참회동의 절진들도 무석, 그의 천재성 앞에 한낱 반딧불과도 같았다.
 세상에 절대나 완벽은 존재할 수 없다!
 이 지극히 일반적인 명제를 보여준 이가 바로 무석이었다.
 그렇게 미세한 균열을 찾아 조금씩 키워왔는데 이제와 그것을 수포로 돌릴 수는 없었다.
 묵현에게 몸을 던진 짧은 순간, 경홍의 머리로 수많은 생각과 장면들이 스쳐지나갔다.
 그것은 주마등이리라.
 지나온 삶은 반추하며 최후를 직감한 경홍은 더더욱 힘을 쏟았다.
 우우웅—!
 뼈를 깎는 아픔을 이겨내며 필사의 각오로 단련한 외력지기가 두 손을 타고 거칠게 용틀임했다.
 "내가 바로 패력마 경홍이다!"
 세상을 향한 단발마의 외침!

하나 그런 거창한 경홍의 다짐에도 불구하고 이미 묵현은 자리에 없었다.

한 발자국.

단지 한 번 움직였음에도 이미 묵현의 신형은 경홍의 공격을 완벽히 피해냈다. 그리고 이어진 묵현의 우수가 짧게 대기를 찢으며 움직였다.

퍽!

마치 가죽이 찢겨지듯 경홍의 몸이 허공으로 들썩였다.

이어 담철이 뭔가를 하기도 전에 또다시 묵현의 발이 움직였다.

너무도 자연스레 펼쳐진 극성의 묵룡각.

대기를 휘감으며 쏘아진 발등 앞에 어느새 담철의 얼굴이 위치해 있었다.

퍼벅!

피가 튀고 새하얀 이가 허공을 날았다.

제아무리 과거에 잘 나갔던 마인이래도 결국 이곳에서는 죄인일 뿐이다.

그런 그들이 무공을 대체할 수단을 익혔다고 하지만, 그것이 당대의 묵혈위사를 위협할 수단은 아니었다.

경홍과 담철, 그 둘을 일거에 잠재워버린 묵현은 깊게 숨을 들이켰다 소리를 질렀다.

"무석이 누군가? 직접 나오겠는가, 아니면 끌려나오겠는가!"

쩌렁쩌렁 참회동 전체를 울리는 묵현의 목소리.

대기를 타고 진동하는 울림!

그것은 불문의 사자후, 도문의 창룡음과 비견되는 묵가의 묵룡후였다.

무릇 무리를 제압할 때는 기세가 중요하다.

기선제압이라는 말이 괜히 나온 게 아니었다.

그리고 묵현은 어떻게 해야 가장 효율적으로 무리를 장악할 수 있는지 잘 알고 있었다. 아니 불행히도 너무도 잘 알았다.

사람은 누구도 억압되기를 원하지 않는다.

하지만 절대적 압박 앞에 굴복하는 것 또한 사람이다.

절대적 압박이라 함은 곧 힘, 폭력을 수단으로 행해지는 행위, 그것 앞에 심지가 굳은 이라도 버틸 수 없다.

매 앞에 장사 없다는 말이 진리인 것은 그러하기 때문이다.

이미 참회동의 모든 것을 거두기로 마음먹은 묵현의

머리에는 어떻게 하면 가장 효율적으로 잡음 하나 없이 모두를 제압할 수 있을 것인가에 대한 화두만 존재했다.

그것을 시행하는데 있어 약간의 잡음은 전혀 고려 대상이 아니었다.

이미 이곳 소림에서 너무도 많은 시간을 지체했다.

묵혈신검을 최대한 빨리 얻기 위해서라도 이 일의 해결은 신속하게 마무리 되어야 했다.

그래서 무석을 찾았다.

대충의 이야기를 통해 짐작한 바, 이들 참회동에서 무석이라는 인물이 지닌 위치가 적지 않아 보였다.

무리를 제압할 때, 반드시 지켜야 하는 철직 중 하나가 바로 그 중심인물을 우선 제거하거나 제압해야 한다.

이곳 참회동에서는 그 대상이 무석이었다.

하나 소리를 치는 묵현은 무석이 모습을 드러내리라 생각지 않았다.

중과부적임을 알면서도 자신에게 이를 드러냈던 담철이나 경흥의 행동을 보아도 그럴 일은 없으리라 생각했다.

오히려 더더욱 꼬리를 말고 모습을 감추리라 생각했다.

그래서 외친 것이다.

 일종의 선전 포고와도 같았다.

 그런데 그런 묵현의 예상과 달리 경홍이 그토록 자리를 비울 수 없다고 했던 무석이 먼저 몸을 드러냈다.

 사실 무석도 모습을 드러낼 생각은 없었다.

 아니 오히려 담철과 경홍의 희생을 발판 삼아 더더욱 자신을 감추려 했다.

 대업을 이루기까지 그리 많은 공이 남지 않았다.

 그런 상태에서 자칫 잘못된 판단으로 모든 것을 수포로 만들지 않으려 했다. 그런데 막상 묵현의 목소리에 실린 기운을 마주한 순간 그런 생각이 사라졌다.

 '…다르다!'

 소림의 인물과는 그 궤를 달리하는 날이 잔뜩 선 목소리, 당장이라도 뭔가 일을 저지를 것만 같은 느낌 앞에 무석은 스스로 모습을 드러내기로 마음먹었다.

 아니 정확히는 묵현이 뿜어낸 존재감이 의미하는 바를 알았기에 그럴 수밖에 없었다.

 묵혈위사!

 수많은 야심가가 분루를 흘리게 만들었던 한 존재.

 무석은 묵현의 외침에서 그 존재를 마주할 수 있었다.

묵혈위사 그 특유의 살벌함.

과거 무석은 문헌을 통해 그와 같은 느낌을 접한 적이 많았다.

글에서 서술하길 하나같이 피부를 저미는 지독한 위협이라 했었는데, 과연 그 말이 틀리지 않았다. 아니 오히려 글이 서술한 게 약한 감이 있었다.

더군다나 상대가 당대의 묵혈위사라면 더더욱 숨어있을 수 없었다.

이미 역사가 증명하고 있었다.

누구도 숨을 수 없고, 누구도 막을 수 없다!

피로 점철된 이름 앞에 언제나 달리는 수식어.

그것이 무엇인지 알 수 없으나 묵혈위사들은 언제나 숨어있는 인물을 끝까지 찾아내는데 탁월했다.

결국 덧없는 희생만 생길 뿐이다.

결국 무석은 이를 악물고 모습을 드러냈다.

"내가 바로 무석이요."

상대는 목소리로 짐작하건데 절대 중간에 포기할 인물이 아니었다.

그렇기에 스스로 나선 것이다.

행여나 무석 자신이 모습을 감춤으로써 나머지 사람

들이 너무도 가혹한 취급을 당하지는 않을까 생각해서 다.

본디 천재적 뇌로 복수를 행하던 도중 너무도 많은 피를 봤기에 진천마뇌라 불리는 것이지 무석의 본래 심성은 무척이나 여리고 곧았다.

게다가 가족을 잃은 무석에게 이곳 참회동에서 살아가는 이들은 가족이었다.

가족.

입으로 오므려 외면 기분 좋아지는 그 느낌.

무석이 이곳을 벗어나기 위해 일을 벌였던 것도 다 이곳의 사람들을 위해서지, 스스로 밖의 삶을 동경해서 그러했던 것이 아니다.

오히려 무석에게 밖이란 잊고 싶은 세상이었다.

그렇기에 소림신승이 출도 해 자신을 찾아왔을 때 순순히 잡혔던 것이지, 그렇지 않았다면 애초에 잡힐 일이 없었다.

아니 자신을 잡으러 왔던 소림신승이 온전한 모습으로 벗어날 수 없었을 것이다.

무공을 포기한 대신 무석이 찾은 힘, 기관과 진식이라는 두 힘은 그만큼 대단하다.

그랬기에 강호를 죄다 피로 물들이며 복수를 할 수 있었던 것이지, 그렇지 않았다면 오히려 누군가의 손에 의해 죽임을 당했을지 모른다.

결국 스스로의 안위를 포기함으로 무석은 가족을 지키기로 했다.

그런데 막상 모습을 드러내고 보니 뭔가 이상했다.

자신의 감각에 걸리는 묘한 위화감!

'……다르다!'

씨익.

가만히 잇새로 하얀 이를 드러내며 자신을 보는 묵현의 모습은 마치 사냥을 시작하기 전의 맹수와 같았다.

그에게 있어 자신은 사냥의 마지막이 아니라 시작이었던 것이다.

자신이 마지막이라 생각했던 것은 착각이었다.

'……이자 위험하다!'

지극히 거칠고 위험한 냄새가 났다.

무석이 알기로 이런 존재들은 그리 많지 않다.

북천의 천주 정도는 되어야 풍길 수 있는 절대자의 향기였다.

그런데 그런 기운이 지금 당대의 묵혈위사가 풍기고

있는 것이다.

 이를 미처 파악하지 못한 것은 무석 자신의 불찰이었다.

 아니 문헌을 통해 서술되어오던 묵혈위사의 그것과 너무 달랐다.

 묵혈위사, 그리고 묵가.

 겸애의 정신으로 살아가는 그들과 지금 묵현은 그 기질부터 차이가 났다.

 '큭!'

 쓴웃음이 났다.

 하나 모습을 드러냈던 자신의 판단은 옳았다.

 이런 기질을 지닌 자라면 오히려 더한 일이라도 벌릴 사람이기 때문이다.

 무석은 바닥에 꿈틀대며 꺽꺽대고 있는 담철과 경홍을 안타깝게 쳐다 본 후 묵현과 눈을 마주쳤다.

 순간 둘 사이에 불꽃이 튀기는 것 같이 무석과 묵현, 둘의 눈빛은 강렬했다.

 이어 무석이 입을 열었다.

 "그래 대체 나를 왜 찾은 거요?"

 담담한 말투, 마치 아무런 죄 없이 가만히 사는 자신

을 왜 찾은 것이냐고 힐난하는 것 같은 어조에 묵현의 눈썹이 실룩였다.

그 모양새가 마치 '이것 봐라'는 듯 했다.

그러다 곧 묵현의 입가에 미소가 그려졌다.

상대의 반응이 생각보다 재미있었기 때문이다.

만약 다른 이라면 뭔가를 획책하다 걸렸을 때 당황할 법도 한데, 무석은 그렇지 않았다.

오히려 무척 당당해 보였다.

묵현은 그 당당함에 묘한 감정을 느꼈다.

지금껏 느껴보지 못한 신선함이었다.

강자에게 굴복하지 않는 위인은 많다.

소위 말해 대가 세다고 이야기하는 인물이 어디 중원 천지에 한 둘이겠는가.

하나 무석은 그들과 또 달랐다.

의지가 굳고 견고했지만, 그렇다고 대가 센 인물은 아니었다.

자신의 기세에 당당히 맞서고 있지만 이미 그의 몸은 잘게 떨렸다.

그만큼 자신의 기세를 이기기에는 허약함에도 불구하고 지금 무석은 무리하고 있는 것이다.

묵현은 그게 궁금했다.

무엇이 그토록 무석을 필사적이게 할까?

처음 이들을 거두겠다고 마음먹었을 때는 가벼운 마음이었다. 사실 그리 어려운 일도 아니었고 말이다.

적당히 두들기면 알아서 길 것이라 생각했다.

그것이 전대의 거마요, 효웅이래도 예외는 없으리라 생각했다.

그런데 처음부터 이런 반응이라니!

뭐 경홍이나 담철도 자신에게 대항하기는 했었다.

하나 그들과 무석은 다르다.

지금 자신의 발밑에 꿈틀대는 둘이야, 죽음을 도외시한 도발이었지만 무석은 달랐다.

차분했고, 평온했다.

그리고 스스로의 목숨을 내걸지도 않았다.

자신의 외침에 당당히 그 모습을 드러냈지만, 그것이 자신의 죽음을 동반한다고 여기지는 않고 있었다.

뭐랄까, 일종의 자신감이 있었다.

스스로 해를 입지 않을 것이라는 묘한 당당함을 지녔다.

그래서 묵현은 더더욱 관심이 갔다.

아니 처음부터 묵현, 자신에게 제압당한 둘 사이에 무석이란 이름이 계속 거론될 때부터 이미 궁금했었다.
그리고 그런 기대감에 걸맞은 인물이었다.
스윽.
묵현은 갑자기 그런 무석을 시험해 보고 싶어졌다.
어느새 출수했는지 모르게 빠르게 쏘아진 검은 무석의 목젖 바로 앞에 멈췄다.
"……?"
무석은 갑작스런 묵현의 행동에 두 눈을 동그랗게 떴다.
지금 묵현이 보인 행동은 상식적인 반응이 아니었기 때문이다. 그러나 이내 신색을 회복하며 차분히 목 앞에서 자신을 위협하는 검을 옆으로 슬쩍 밀었다.
"겨우 질문 하나 했다고 이렇게 위협을 받을 일은 아니라고 생각하오만."
"글쎄."
묵현의 입가에 호선은 점점 깊어졌다.
회가 동했다고 해야 할까? 좀 더 압박의 수위를 높여보면 어떨까 싶었다.
획—.

생각이 이는 순간 묵현의 검이 잔영을 흩트리며 다시금 무석의 목젖에 살짝 닿았다.

주륵.

동시에 예기에 살짝 베인 살갗에 핏기가 보였다.

이는 명백한 위협이었다.

순간 무석의 눈가가 파르르 떨렸다.

그것은 지극히 긴장했음을 누가 봐도 알 수 있을 정도로 확연한 변화를 가져왔다.

창백해진 얼굴, 그리고 자신도 모르게 절로 거칠어진 숨결까지 그 무엇 하나 평온과는 거리가 멀었다.

그러면서도 또 여전히 당당하다.

"참으로 무례하오!"

거기다 거침없이 소리를 버럭 질렀다.

묵현은 여기서 좀 더 나아갈까 생각했다.

싱글싱글 두 눈가에 어린 장난기가 점점 짙어진 것도 그때였다. 그러다 이내 눈가에 떠올랐단 빛은 이내 깊이 침잠되어 흔적도 보이지 않았다.

그것은 순간 묵현의 심사에 변화가 생겼기 때문이다.

과유불급이라 했다.

도가 지나치면 아니함만 못한 법이라, 묵현이 생각할

때 이들을 거두려면 여기서 멈추는 게 옳겠다 싶었다.

스윽—착.

묵현은 말없이 검을 움직여 조용히 납검했다. 그리고 가벼운 목례로 좀 전 일에 대한 사죄를 대신하며, 바닥에 꿈틀댄 둘의 혈을 지풍으로 짚었다.

픽! 픽!

가죽 공에서 바람 빠지는 소리가 나며 경홍과 담철은 이내 정신을 잃었다.

"흠, 사과하지."

그리고 묵현은 다시금 정식으로 무석에게 고개를 숙여보였다. 무석을 시험하기 위해 자신이 했던 행동들에 대해 딱히 포장할 생각이 없었다.

솔직히 아닌 것은 아니다.

자신은 스스로 모습을 드러낸 상대에게 대화 이전 압박부터 가했으니 무례가 맞았다.

물론 무림이란 곳이 결국 궁극적으로는 힘의 우위에 따라 갈리는 곳이니 크게 흠이라고는 볼 수 없었지만 어쨌거나 무석의 항의는 틀린 게 아니었다.

만약 그렇지 않았다면 절대 사죄하지 않았을 것이다.

묵현, 그 자신이 납득하지 않은 것에 대해 스스로 사

죄의 말을 입에 담을 위인이질 못하다.

아니 오히려 독선에 가깝게 절대 구부러지지 않는 사내가 바로 묵현이다.

그리고 그것을 내심 느끼고 있었던 무석은 이번 묵현의 사죄에 살짝 놀랬다.

잘못을 바로 인정하기란 결코 쉽지 않다.

더군다나 그것이 상대와 비교해서 절대적 힘의 우위를 점하고 선 사람이라면 더더욱 그렇다.

이는 누가 잘했고, 잘못했고의 문제가 아니다.

힘의 역학관계에서 우위를 점하는 순간 거짓도 진실로 만들 수 있게 된다.

어디 그것만이겠는가.

상대에게 얼마든지 책임을 물리거나 압박을 가한다고 해서 문제가 크게 되지도 않는다. 어차피 무림의 절대 정의는 곧 힘이었기에 더더욱 그렇다.

그럼에도 묵현의 사과는 신속했으며 정중했다.

적어도 자신의 잘못을 외면하는 이는 아니란 것을 무석은 느낄 수 있었다.

그래서 더 두려워졌다.

스스로에게 엄한 이는 타인에게도 엄한 법이다. 더군

다나 스스로의 잣대, 즉 심지가 굳은 이라면 그 확고함이란 실로 살벌하다 할 수 있다.

꿀꺽.

무석은 그런 자들의 실체를 잘 알았다.

얼음장같이 차갑고도 칼 같이 모든 것을 베어낼 수 있을 정도의 독심.

'이자……진짜다!'

그야말로 최악의 상대였다.

이런 사람 앞에서 어쭙잖은 술수는 오히려 역효과가 난다. 무엇이든 진심으로, 진실로 상대해야 하는 상대.

'하아……대업이 코앞이건만.'

감출 수 없다.

감춘다고, 속인다고 넘어갈 상대가 아니다.

무석의 낯빛은 점점 어두워졌다.

그리고 동시에 묵현의 얼굴에 드리워진 미소는 그 골이 깊어졌다.

'재미있군.'

솔직히 기대 이상이라 그런지 묵현은 실로 소림에 큰 은혜를 입었음을 깨달았다.

이들이야 소림에서 모를 것이라 생각하고 무언가를

획책하고 있었는지 모르지만 자신이 겪었던 소림이라면 그것을 절대 간과하거나 모를 리 없다.

오랫동안 세월의 부침마저 전통으로 승화해버린 불가의 힘은 실로 웅장하고 거대하다.

게다가 소림신승의 능력은 상상을 불허한다.

그럼에도 방치했다는 것, 게다가 자신에게 선택과 처리를 맡긴 무언의 진심이 가슴에 절절히 와 닿았다.

묵현은 이것이야말로 진정 불가의 무서운 점이라 생각했다. 대적할 마음조차 먹지 못하게 하는 대자대비의 오묘함, 참으로 깊고도 깊다.

하나 그것은 불가의 방식일 뿐, 묵가의 방식은 아니다.

게다가 묵혈위사에게 맞는 길은 다르다.

겸애와 수용의 묵가.

그리고 묵가에 숨겨진 최강의 칼, 묵혈위사.

묵혈위사에게 타협이란 없다.

제압과 제거만 존재할 뿐.

묵현에게 가장 맞는 방식은 바로 그것이다.

괜히 어설프게 불가의 방식을 따라할 생각은 애초에 없었다. 다만 평소와 달리 상대에게 접근하는 방식에서 조금 조심했던 것이지, 부드럽게 뭔가를 푸는 것은 사양이다.

"잠깐 이야기 좀 할까?"

묵현의 목소리가 묵직하게 울렸다.

"당신, 아니 이곳 참회동 안에 남겨진 모든 이들의 생사에 대하여."

이어 진득한 위압감이 사방으로 뻗어나갔다.

"아주 긴밀하게."

* * *

쾅!

경홍은 분기를 참지 못하고 탁자를 크게 내리쳤다.

"형님! 어찌 그런 결정을 내리셨소!"

담철은 그런 경홍을 보며 고개를 가로 저었다.

"어쩔 수 없는 일이다."

경홍이라고 그것을 왜 모르겠는가.

안다, 잘 안다.

하지만……

"크윽!"

울분에 찬 신음이 잇새로 새어나왔다.
"형님! 그래도 이건 아니지 않소!"
자유를 갈망했다.
적어도 자신의 후손들에게, 아니 이곳 참회동에서 태어난 이들에게 억압된 삶을 대물림하기 싫었다.
그래서 나선 일이고, 대업이다. 한데 그것을 이제 와 스스로 고개를 숙이자니 그것은 안 될 말이지 않은가.
경홍은 이래서는 안 된다 생각했다.
전원 옥쇄를 하더라도 이대로 굴종의 길을 걷는 것은 아니었다. 하나 담철은 그런 경홍의 눈빛에도 그저 고개만 가로 저었다.
당대의 묵혈위사는 전대에 비해 더하면 더했지, 덜하지는 않을 것이다.
전대의 묵혈위사도 그 손속에 사정이란 두지 않았는데, 어찌 감히 당대의 묵혈위사에게 거역할 수 있겠는가.
그리고 생각해보면 그것이 꼭 굴종의 삶이라 할 수 있을까 싶었다.
묵가의 가신.
비록 음지에 숨어들어 살아가야하겠지만 그래도 그것

이 어딘가.

이 지독한 참회동에서 벗어날 수 있다면.

순간의 굴욕은 언제든 참을 수 있는 게 아닐까 싶다.

게다가 언제까지고 묵가의 그늘에 종속되고 있지만은 않을 것이다.

어차피 강자가 모든 것을 쥐는 곳이 강호다.

힘이 곧 정의.

그렇다면 지금부터 힘을 키우면 된다.

자신의 대가 힘들다면 그 후대가, 그리고 후대가 힘들다면 그 후대가……

그러다보면 언제가 시간이 흘러 자신들의 후손이 묵가를 호령하는 날이 오지 않겠는가.

담철은 그리 생각했다.

'이것이……최선이겠지.'

죽고 나서 자존심이 무슨 상관이랴.

살아야 그것도 존재하는 것이지 죽고 나면 소용없다.

"그래도 어쩔 수 없다. 묵가의 그늘에 들어서는 것이 지금으로서는 최선이다."

대업이 완성된다고 소림의 그늘에서 온전히 벗어난다는 보장도 없다.

아니 대업이 완성된다 하더라도 당장 예전의 무위를 온전히 찾는 것은 불가능하다.

 단지 마공이 흩어지는 것을 막을 수 있다는 것이지 세월이 필요하다.

 그런 관점에서 본다면 묵가의 그늘에 들어서는 것도 별반 차이가 있는 것도 아니다.

 이미 수많은 생각을 했고, 참회동의 모두가 모여 의논해 낸 결론이다.

 "그만, 그만 인정하자. 우리가 약자라는 사실을."

 그랬다.

 경홍이 울분에 차, 분을 참지 못하는 것도 사실 그 안을 들여다보면 인정하기 싫은 현실 때문이다.

 언제나 강자였었다.

 이곳에 구속되기 전에 참회동에 있던 사람들은 다들 강자였다.

 비록 지금이야 비루먹은 신세가 되었지만 말이다.

 과거의 영화만큼 허망한 것도 없지만 그래도 다들 과거의 영화 때문에 버틸 수 있었다. 그것의 재현이라는 희망이 있었기에 이를 악물 수 있었다.

 하나 이제 인정할 건 인정하고 현실을 직시해야 했다.

분명 자신들은 강자가 맞다.
단지 더 한 강자들이 존재할 뿐이다.
그리고……그들의 시선으로는 결국 자신들은 약자다.
약자.
지독히도 싫은 단어.
인정할 수 없는 현실.
그 멍에 같은 현실이 깊숙이 어깨를 짓눌렀다.
담철은 크게 한숨을 내쉬었다.
경홍의 심사를 누구보다 잘 알기에 더더욱 안쓰러웠다.

누구보다 열정적인 그가 어찌 이 지독한 현실을 그대로 받아들일 수 있으랴.

자존심에 상처 입은 맹수의 쓰린 울부짖음에 그저 담철은 담담히 그의 어깨를 두들길 뿐이다.

그래, 이것으로 된 거다.

적어도 자신들은 역대 참회동에 수감된 자들 중에 유일하게 발악이란 것을 해 본 자들이지 않은가.

비록 그 시도가 절반의 성공일지라도 이제 자신들은 밖으로 나갈 길도 생겼다.

이 정도면 충분하지 않을까?

토닥토닥.

경홍의 어깨를 두들기며 담철은 속으로 그렇게 되뇌었다.

그리고 그런 둘, 뒤에 무석 역시 씁쓸한 표정을 짓고서 있었다.

이럴 때 자신이 힘이 될 수 있으면 좋으련만……책사의 힘이란 한계가 존재한다.

직접적 무력 투사 앞에 무력하다.

"……죄송합니다. 제가 좀 더 버텨야했는데."

무석은 고개를 푹 숙였다.

결국 자신의 판단으로 나선 게 모든 일의 사단이 되어버렸다.

적어도 자신 혼자 몸을 숨기려 들었다면 충분히 그럴 수 있었다.

그러나 그러지 못했다.

행여나 다른 이들이 피해를 입을까 걱정해서 그랬는데, 그것이 마냥 좋은 선택은 아니었던 것 같았다.

차라리 숨고 또 숨었다면…….

'결과가 달랐을까?'

문제는 그것을 자신할 수 없다는 것이다.

결국 자신이 판단하기에 최선의 선택을 한 것임에도 무석은 자책감을 떨칠 수 없었다.
 한동안 담철, 경홍, 무석은 자책하고 분노하며 슬퍼했다. 자신들이 약자라는 지독한 현실을 감내하는 데는 많은 시간이 필요했다.
 먹먹해지는 가슴을 부여잡고 그렇게, 그렇게……묵현의 앞에 서기까지는 하루가 걸렸다.
 그리고 묵현의 앞에 참회동 모두가 모습을 드러낸 날.
 "묵가의 그늘에 들겠소."
 담철의 말과 함께 다들 무릎을 꿇었다.
 챙—!
 이어 묵현이 그들을 향해 검을 빼들었다.
 "후읍."
 숨을 크게 들이마시며 묵현의 목울대가 크게 출렁였다.
 "당대 묵가의 묵혈위사가 약속하오!"
 사방으로 진동하며 묵현의 목소리가 퍼져나갔다. 그리고 어느새 뿜어진 것인지 묵현의 존재감이 모두를 장악했다.
 "십 년! 십 년의 세월만 묵가의 그늘에 있으시오!"

우우우웅.

묵현의 검에서 찬란한 빛과 함께 실타래 같은 검사가 겹겹이 모이며 검강을 형성하기 시작했다.

"그 이후, 묵가의 그늘에서 벗어난다고 해도 뭐라 하지 않겠소."

"……!"

순간 사위가 조용해졌다.

쿠궁!

갑작스런 충격에 참회동의 죄인들 모두의 눈이 커졌다.

생각지도 못한 말이었다.

십 년!

길게 생각하면 길고, 짧다면 짧은 기간.

하나 이곳에 갇혔던 세월에 비하면 그것은 아무 것도 아니다.

십 년만 지나면 모두가 자유를 얻을 수 있다!

가슴 가득 하나의 파동이 울린다.

"충!"

누가 시킨 것은 아니지만 다들 진정으로 묵현에게 고개를 숙였다.

묵가지약(墨家之約).

모든 마인들에게 하나의 희망과 절망을 동시에 안겨줄 절대의 구속.

후일 묵가지약이라 일컬어지게 될 십년지약의 시작은 소림 참회동 죄인들부터였다.

第六章

묵혈신검(墨血神劍) 下

하나의 매듭을 풀면 또 하나의 매듭이 생겨난다.
그것이 삶이란 이름의 인생이요, 또한 사람이 살아가는 방법이다. 그런 의미에서 보자면 참회동 죄인들을 거둔 것은 단지 시작에 불과했다.
단지 이들을 거뒀다고 모든 문제가 해결되는 것은 아니다. 묵현 역시 그것을 간과한 것은 아니지만 실로 문제는 심각했다.
정확히는 이들의 내력 때문에 더욱 그러했다.
이들 중 누구 하나라도 당장 강호로 나갔다가는 그 파장은 간단치 않은 일이다. 게다가 이들에게 원한이 있는 이 역시 어디 한 둘이겠는가.

 단지 소림이 거두었기에 가능한 일이었지, 지금 묵가의 사정으로 볼 때 소림과 같이 굳건히 이들을 거둔다는 것은 현실상 불가능했다.

 게다가 문제는 그것만이 아니었다.

 과거에야 이들이 무위가 만만찮으니 직접 이들을 징치한 이들이 없지만 지금은 달랐다.

 지금 밖에 나서면 당장이라도 칼을 들고 설칠 위인이 한 둘이 아니리라.

 지닌바 무위가 시원찮으니 누구라도 이들을 직접 죽이려 들 게 뻔했다.

 "끙."

 자신이 직접 거두겠다 했으니 그 책임 역시 온전히 자신의 몫이다.

 게다가 묵혈위사의 이름으로 약속했다.

 이는 반드시 지켜져야만 했다.

 묵현 자신만의 문제가 아니었다.

 그러다보니 골머리가 절로 아파왔다.

 당장 묵혈신검을 얻기 위해 자신의 검에서 사기(死氣)를 비워내고 각성하게 만들어야 할진데 지금 이런 이유로 시작도 못하고 있었다.
 일을 너무 크게 벌린 것이다.
 그렇다고 해도 이미 쏘아진 살이요 엎질러진 물이다.
 묵현은 가만히 눈을 감고 생각했다.
 궁리한다고 당장 해결책이 나올 건 아닌데도 궁리할 수밖에 없다.
 사실 방법이야 있기는 하다.
 자신을 찾아와 무석이 건넨 생각이 있다.
 무석 역시 자신과 같은 고민을 했던 바, 이들의 신분은 완벽히 세탁하기 위해 이들의 외모부터 전부 바꿔야 한다고 이야기했었다.
 게다가 이들의 무공 역시 처음부터 새로 익혀야 함은 물론이고.
 하나 묵현이 그것을 거절했다.
 그럴 것이었으면 이들을 거두지 않았다.
 부족한 인력의 묵가에게 있어서 이들은 중요한 전력감이라 생각해서 거둔 것이다.
 어둠에 존재하는 또 다른 묵가.
 묵가의 숨겨진 검.
 묵현의 복안은 그것에 있었다. 이른바 묵혈위사와 함

께하는 어둠의 존재, 혹은 단죄자 묵혈지가(墨血之家) 로써 이들의 소용을 생각했었다.

그렇기 위해서는 이들의 온전한 무위가 필요했고, 또 이들이 지닌 본신의 무공 역시 버리기는 아쉬웠다.

단지 그 마성이 진하여, 혹은 혈향이 짙어 문제가 된 것이지 이들이 지녔던 무공이 얄팍한 것은 아니었기에 더더욱 그랬다.

그렇게 결정하고 나니 문제가 꼬여버린 것이다.

이미 참회동의 영향으로 마공이 흩어져버린 마인들에게 본신의 무공을 찾아주는 것도 문제요, 이들을 통제하는 것도 문제며, 그럼에도 가장 단시간에 완벽한 무인으로 누구도 모르게 출행하게 해야 하는 것 역시 문제다.

"흐음."

생각을 하면 할수록 점점 사고의 깊이가 깊어져갔다.

깊어진 사고의 향유는 묵현에게 많은 것들은 상기하게 해 주었다.

그것은 묵천혈경의 내용을 복기하게 만들었다.

스스로 수습하면서도 못내 마땅치 않아 크게 기억에 각인하지 않았던 수많은 지식들이 하나씩 머리를 스치고 지나갔다.

그러면서 묵현은 하나의 실마리를 찾을 수 있었다.

정확히는 모든 문제를 해결할 수 있는 방법의 단초가 묵천혈경에는 존재했다.

이미 구류십가와의 오래된 싸움 속에서 그들의 많은 비전을 수습한 묵가다.

그렇기에 묵천혈경에 남겨진 내용은 실로 기이하고도 신비로운 것들이 많았다.

누가 그것을 방문좌도의 사공이학이라 할 것인가.

어떤 것도 깊이가 생기면 그것 나름의 도가 생겨난다.

그 안에 철학이 담기고 사상이 묻어난다.

묵천혈경 상의 비전은 그러했다.

"일단……확인이 필요하겠어."

단초를 찾았으니 그것을 어떻게 실행할 것이며, 또 실행할 것인지 말 것인지 결정하는 문제만 남은 셈이다. 그리고 그렇기 위해서는 몇 가지 확인이 필요했다.

제아무리 기기묘묘한 사공이학이라도 무에서 유를 만들어 낼 수는 없다.

반드시 그것에 상응하는 무언가가 존재해야만 했다.

순수한 마기.

분명 참회동 죄인들의 몸에는 마공이 흩어진 상태다.

그런데 문제는 그것이 강제하여 억제한 것이 아니라 이곳 참회동에만 갇히면 절로 사라지고 만다는 것이다.

그렇다면 분명 어딘가에 마기가 집약되는 장소나 혹은 마기를 먹은 뭔가가 존재할 것이 분명했다.

그렇지 않고서는 절대 마기가 저절로 자연으로 흩어지지 않는다. 아니 무인의 몸에 정제된 마기가 자연으로 회귀하기란 쉽지 않다.

게다가 설령 그랬다면 이곳 참회동은 진득한 마기로 가득차야 정상이다.

그렇게 모든 정황이 묵현 자신이 예측하는 바를 가리키고 있었다.

휙—휙.

결정을 내린 순간 묵현의 신형은 곧 참회동 곳곳을 움직이며 예민하게 하나씩 찾기 시작했다.

그 어떤 장소도 소홀함 없이 살피고 또 살폈다.

세밀하게 정제된 기의 그물이 공간을 장악하고 대지 위를 넘실거렸다.

지속적으로 기를 뿜어내며 하나하나 반응을 확인하는 일은 실로 지난하다.

하나 묵현은 서두르지 않았다.

끈질기게 찾고 또 찾았다.
"끙."
쉽게 찾을 수 있으리라 생각한 것은 아니지만 그렇다고 이렇게 아득하고도 깜깜할 것이라고는 생각지 못했다.
하긴 다른 곳도 아니고 소림에서도 금지 중 금지인 참회동이다.
게다가 무수히 많은 마인들을 가둔 장소다.
마인들 중 자신과 같이 생각한 이가 어디 한 둘이겠는가. 그런 그들이 하루 이틀 헤매기만 했으랴. 그들 역시 필사적으로 찾고 또 찾았을 것이다.
하나 아무도 찾은 이가 없다.
그 말인즉슨 설령 순수한 마기가 모였다고 하더라도 지극히 비밀스럽고 은밀한 곳에 숨겼다는 말이다.
"하아."
시작부터 막막하다.
만만찮을 것이라 생각했지만 자신에게 무한정 여유가 존재하는 것이 아니니 마음이 급했다.
더군다나 어서 서둘러 이곳에서의 일을 마무리 할 절박한 이유가 자신에게는 존재했다.

그간 행방을 몰랐던 자신의 동생에 대하여 들은 이상 한시라도 빨리 보고 싶었다.

어찌 지냈는지, 건강은 한 것인지, 삼천현의 혈사 이후 행여나 상심이 깊은 것은 아닌지.

무수히 많은 걱정들이 머리를 스치고 지나간다.

그러다보니 자꾸만 무석이 했던 제안이 끌렸다.

무석의 말대로 하면 당장이야 힘들겠지만 그래도 쉽게 해결할 수 있다.

약간의 손해야 감수해야겠지만 그게 어딘가.

하지만, 자꾸 발길을 잡아채는 게 있었다.

이대로 물러서는 게 왠지 신경에 거슬렸다.

그러고 싶지 않은 것도 있었지만 그러면 후회할 것만 같았다.

분명 방법은 존재한다.

순수한 마기의 존재만 찾으면 나머지는 일도 아니다.

그랬기에 더더욱 갈피를 잡지 못하고 계속 마음이 걸린다. 행여나 이것이 포기하기 싫어 부리는 고집일지 모른다.

하나 묵현은 지금 자신의 마음이 시키는대로 하고 싶었다. 뒤에 후회할 바에 지금 조금이라도 최선을 다하는 것이 낫다.

 그렇게 시간은 지나만 갔고, 묵현은 계속 찾고 찾아 헤매었다.

 '……포기해야 할까?'

 그러다 결국 한계에 치달았다.

 아무리 찾아도 나오지 않으니 더 매달리고 싶어도 힘들었다. 지친 마음도 마음이고 밖에서 자신을 기다리고 있을 묵룡사조를 생각해서도 더 어물쩍 거릴 수 없었다.

 인정하기 싫었지만 이번 일은 실패였다.

 "큭!"

 속이 쓰렸다.

 쓰리다 못해 분했지만 어쩔 수 없는 건 어쩔 수 없다.

 묵현은 이내 모든 것을 접기로 결심했다.

 되지 않을 일에 계속 집착하는 것도 볼썽사나운 일이었다. 그때부터 묵현은 일단 당장 시급한 일부터 마무리하기로 했다.

 묵혈신검을 깨운다는 것.

 애초 이곳에 들어온 본래 목적.

 스윽.

 묵현은 고절한 고승의 수도하는 모습처럼 가만히 가

부좌를 튼 채로 자신의 검을 무릎에 올렸다.
 스으윽.
 검을 매만지며 천천히 올올히 자신의 기운을 덧씌우고 벗겨내기를 수차례.

 비워라! 비우지 않고 어찌 채울 것이며 또 채움을 알 것인가!

 가만히 입으로 하나의 진언을 외고 외웠다.
 검에 담긴 무수히 많은 기억들을 자신의 기운으로 씻어내고 풀어냈다.
 본연의 모습, 최초 검이 만들어졌던 시기의 모습을 찾아나갔다.
 검에 묻힌 수많은 이의 죽음이 풀어지고 풀어진다.
 사기(死氣), 죽음의 기운이 허공에 흩어진다.
 인식하지 못했던 수많은 어둠이 얼룩져 떨어졌다.

 깨워라! 한낱 사물이라도 거기에 신성이 깃들면 생명을 가진다!

모든 것을 벗어던진 순수한 상태.

본연의 모습으로 돌아간 검과 묵현은 자신의 심상을 일체화 했다.

검이 곧 나요, 내가 곧 검이리라.

온전한 검신일체의 경지, 몰아의 상태가 지속되며 묵현은 점차 검에 자신을 투영했다.

'눈을 떠라!'

묵현은 천천히 검과 자신의 파동을 맞추어갔다.

우우웅!

누구나 검을 손에 쥐고 나서 진정 검사로 거듭나면 들을 수 있는 청명한 검음이 울리서 서서히 묵현과 동조하기 시작했다.

오랜 세월 자신과 함께 호흡한 애검의 기분 좋은 반응.

묵현은 그럼에도 더욱 더 강하게 검과 자신의 파장을 맞추며 함께 진동했다.

하나의 파장은 하나의 동심원을 그리며 길게 퍼져나갔다. 파장과 파장 사이에서 묵현의 심상은 좀 더 간절히 원하고 원했다.

'눈을 떠라!'

신성이 깃들어야 그것이 신검이다.

그리고 그러기 위해 본연의 모습 가운데 숨겨진 한 가닥 의지를 깨워야 한다.

본디 모든 물건은 만들어질 때 하나의 생각이 새겨진다.

물건을 만들던 사람에 의해, 혹은 그것을 사용하는 사람에 의해.

오랫동안 영향을 받으며 그것은 이내 의지가 되고 의지는 곧 신성을 가지는 가장 기본적인 요건이 된다.

묵현은 지금의 과정이 참으로 지루하다 생각했다.

단지 의지를 불어넣는 것 말고 할 수 있는 게 없다.

물론 검을 매만지는 손길을 타고 특유의 비밀스런 움직임이 생겨나지만 그것은 단지 하나의 수단일 뿐, 진정 중요한 것은 자신의 의지를 구체화 하는 일이다.

그러다보니 지극히 정적일 수밖에 없었다.

그 '정적인' 것이 고역이었다.

한 순간도 집중이 풀어지면 안 되는 일이라 심력 소모가 만만찮을뿐더러 지금의 상태를 유지해야 하니 조금의 움직임도 불가하다.

오랫동안 한 자세를 유지하는 건 쉬운 게 아니다.

손으로야 움직인다지만 그것 역시 비전으로 내려오던 일종의 술식이요 주문이니 그것 역시 틀림이 있어서는 안 되는 일이다.

 사서 하는 고생이라지만 참으로 버겁다.

 하나 그럼에도 묵현은 일체의 삿된 생각을 가슴에 품지 않았다.

 지금은 오직 하나의 일념만 품고 또 품어야만 한다.

 극대화 된 의지가 검안에 깃들고 자극하여 신성을 깨울 때까지.

 우우웅—.

 그렇게 계속된 심력 소모와 맞물려 검에서 하나의 변화가 생겨난 것은 꽤나 시간이 지난 후였다.

 의도한 것이 아님에도 검에서 빛이 뿜어지기 시작했다. 그리고 무언가 느껴지기 시작했다. 그것은 하나의 의지요, 울림이며, 또한 영혼이다.

 웅!

 묵현은 검과 정신적 교류를 나누며 자신도 모르게 빙그레 웃었다.

 피식.

 '누구도 거부할 수 없으며, 무엇도 거칠 것이 없으리

라! 그것이 나의 법이다!'

검이 전하는 의지는 자신과 지독하게 닮았다.

'막는 것은 벨 것이며, 베고자 하면 불가능 한 것은 없다! 그것이 나의 길이다!'

물러설 줄 모르는 고집까지도 똑같다.

그것이 참 묘한 감정을 만들었다.

일종의 동질감은 검을 한낱 신외지물이 아니라 동반자로 인식하게 했다.

이제 더 이상 자신의 검은 단순한 검으로 지칭할 수 없게 되었다.

하나 아직 끝이 아니다.

이제 겨우 신성을 깨운 셈이다.

묵현은 서둘러 손의 움직임에 변화를 주며 다음 단계로 나아갔다.

깨어라! 하나의 태를 깨면 또 다른 본연이 드러날지니 두려워 말라!

깊숙이 숨고 숨었던 의지가 신성이 되어 발아한 이상 이제 그것을 온전히 과실을 맺게 해야 했다.

묵현의 손에서 하나의 술식이 새겨지고, 입에서 진언이 읊어지며 한창 빛을 뿜어내던 검면에 수없이 많은 진동이 생겨났다.

웅! 웅! 웅! 웅!

짧고 강렬하게 검면을 두들기는 진동들, 그것은 마치 약동하는 맥박과도 같다.

힘차게 움직이며 점차 고조되어가는 소리 속에서 또 하나의 변화가 생겨났다.

검면에서 뿜어지던 빛살들이 하나씩 쪼개지고 깨어진다.

조각조각 난 빛들이 일렁이며 검을 휘감고 돌았다.

쩡! 쩌쩌적!

그러다 이내 곧 명멸하며 터져나갔다.

동시에 검에 깃든 신성을 두텁게 둘렀던 하나의 벽이 깨어졌다.

태를 벗어던지는 것.

창생과 소멸의 미묘한 교차, 그리고 반복.

이윽고 계속된 울림이 정점에 도달했을 때.

"합!"

짧은 묵현의 기합성이 터져 나오며 새롭게 뿜어지는

빛들의 향연, 그것은 영롱함이요 오묘함이다.

화악!

슬며시 뿜어지던 빛은 이내 폭발하듯 사방을 가득 매웠다.

때를 같이해 묵현의 표정은 한결 더 신중해졌다.

이미 고비는 지나쳤지만 지금부터 미세한 변화마저 자신 안에 가둬야 했다.

잡아라! 순간의 찰나를 스쳐 지나가는 흐름을 온전히 느껴라!

극도로 긴장한 신경이 확장되며 사방 모든 것들을 감각 안에 가뒀다. 그리고 극성으로 운기된 묵혈지안의 광망이 모든 변화를 눈에 담았다.

번뜩!

묵현은 그 안에서 신비한 세계를 마주할 수 있었다.

이는 본질, 그 안에 잠겨있던 하나의 기경이었다.

신성을 지닌 검이 신검으로 탄생하며 만들어내는 거대한 흐름들.

묵현은 그 안에서 참회동에 존재하는 모든 기운의 흐

름을 세세히 깨달아갔다.

검에서 뿜어진 기운이 닿는 모든 장소가 묵현의 감각은 간질였다.

파르르 떨리는 미묘한 느낌이 묘한 쾌감을 준다.

"아!"

순간 단발마의 외침이 절로 입에서 토해졌다.

확장된 시야에 들어오는 무한한 정보들.

무수히 많은 기운의 흐름 앞에 대자연의 신비가 엿보였다. 이미 알고 있었고, 느꼈던 것들이지만 또 다시 마주하는 느낌은 생경하다.

마치 처음 갓 접한 것처럼 달뜬 흥분이다.

팟!

그러다 이내 명멸하며 점점 갈무리되어 가는 빛처럼 묵현의 감정도 냉정을 되찾아갔다. 천려일실이라고, 괜한 흥분으로 일을 그르치고 싶지는 않았다.

이윽고 빛 무리가 사라진 자리에는 거무튀튀하며 붉은 기운이 감도는 검 한 자루가 그 모습을 드러내고 있었다.

그것은 본래 묵현이 지니고 있던 검과 조금도 달라지지 않은 외양이었다.

하나 실은 달라도 너무도 달랐다.

문제는 변화를 알아볼 수 있는 이가 그리 많지 않을 것이라는 것이다.

그만큼 모습을 드러낸 묵현의 묵혈신검은 조금의 변화도 없어 보였다.

미묘하게 기세가 달라졌으나, 이는 직접 검을 쥐고 휘두르지 않으면 결코 모를 변화다.

게다가 자세히 안력을 돋아 살피지 않으면 검 전체를 타고 일렁이는 기운의 실체를 체감하기 어렵다.

지극히 비범한 것은 평범하다.

고래로부터 내려오는 진리의 한 구절처럼 그러했다.

이제 팔부능선을 넘어선 셈이다.

묵현은 한결 편한 마음으로 내기를 운기했다.

이제 자신의 기운을 밀어 넣으며 보다 자신의 기에 친숙해지게 하면 모든 일은 끝났다.

담아라! 비웠다면 채우고, 채워야 또 비울 것이 아니던가!

비워냈기에 채울 수 있다.

스스스.

묵현의 몸에서 뿜어진 기운이 아지랑이를 만들며 검을 타고 도도히 흘러내렸다.

채우고, 채우고, 또 채우고…….

그렇게 묵현의 기운을 머금기 시작한 검은 점차 광택을 띠기 시작하며 살이 에일 듯한 예기를 품에 담았다.

묵혈신검!

묵가의 역사에 그 실체가 기록되어있을 뿐 진정한 모습을 드러내지 않았던 비전이 비로써 실물로 현신하는 순간이었다.

"후우."

길게 숨을 토해내는 묵현의 호흡을 따라 완전히 기세를 머금은 묵혈신검의 기운이 일렁였다. 신성이 깃들어 신검이요, 묵혈위사의 기운이 담겼기에 묵혈이라.

이제 하나의 일이 끝맺었다.

그리고 새로운 단서 하나를 얻었다.

묵혈신검을 깨우는 과정에서 넓어졌던 감각에 걸린 지극히 미묘한 느낌.

실로 신경을 곤두세우지 않았으면 절대 잡아내지 못했을 미세하고도 미약한 기운의 응집.

"드디어……."

오랫동안 헤맸던 문제의 답을 찾았다.

이보다 더 좋을 순 없었다.

하나의 난제를 푸는 순간 줄줄이 산적했던 문제가 저절로 풀리는 형국이라 묵현의 표정도 밝아졌다.

"허!"

그리고 답의 실체를 확인 하는 순간 자신도 모르게 실소가 터져 나왔다.

참으로 교묘했다.

등하불명이라. 등잔 밑이 어둡다는 격언이 새삼 떠올랐다. 순수한 마기는 어느 한 곳에 응집된 것이 아니었다.

참회동 전체가 응집을 위한 장소였던 것이다.

그렇기에 느끼지 못했다.

이러니 당연히 찾는 게 힘들 수 밖에.

참회동 전체를 촘촘히 수놓은 거미줄마냥 거대한 기의 그물이 전체를 아우르며 펼쳐져 있었고, 그것들을 유지하는 근간이 순수한 마기였다.

쪼개고 쪼개 공간 전체에 퍼트려놓을 수 있다니!

묵현은 다시금 불가의 저력을 인정할 수밖에 없었다.

그만큼 고절한 수법이요, 쉽게 파훼하기 어려운 수법이었다.

하지만 걱정하지 않았다.

자신에게는 희대의 천재, 천뇌천혜요 진천마뇌라 불리는 무석이 있었다. 아마 그의 도움이라면 충분히 해결할 수 있을 거라 믿었다.

묵현은 그 즉시 검을 수습한 다음 움직였다.

방법을 찾은 이상 머뭇거릴 이유는 없었다.

타닥.

무석을 찾아 움직이는 묵현의 신형은 그런 이유로 경쾌했다. 그리고 이내 무석을 만났다.

"방법을 찾았소."

묵현은 무석을 보자마자 거두절미하고 결론 먼저 꺼냈다. 그만큼 마음이 급해진 탓이다. 이제 모든 일을 해결하고 이곳을 나갈 수 있다 생각하니 자신도 모르게 흥분한 것이다.

무석은 그런 묵현의 반응에 가만히 고개를 저은 후 느긋하게 대답했다.

"그게 무슨 말이오? 명확히 말해야 알아듣지 않겠소."

묵현도 그제야 자신의 실수를 깨달았다.

"이곳 모두가 본신의 무공을 되찾고 나갈 수 있을 것이라는 말이오."

"……!"

무석도 묵현의 말을 들으니 자신도 모르게 두 눈을 부릅 떴다.

그만큼 바라던 소식이었고, 포기했던 일이다.

"정녕 그게 정말이오?"

지금까지 이곳에 갇혔던 수많은 마인들이 필사적으로 찾고도 못 찾았던 답을 묵현이 찾았다니 무석의 마음이 급해졌다.

무석 역시 애초 묵현과 그 생각이 같았다.

다만 그 방법을 찾지 못해 차선을 생각했을 뿐, 진정한 최선은 참회동 모두가 본래의 무위를 완벽히 회복할 수만 있다면 그리 하는 게 옳았다.

"정답은 가까운 곳에 있었소. 바로 이곳 참회동이 그 답이었소."

"아!"

순간 무석의 뇌리에 스치는 무언가가 있었다.

묵현의 단순한 설명 하나에 무석은 전부를 깨달았다.

"그랬군. 그랬어……."

무석은 연신 혼자 중얼거리며 고개를 주억거렸다.

발상을 전환하니 그간 막혔던 것이 뻥 뚫린 듯 무수한 상념이 머리를 가득 채웠다.

하나 아직 문제는 남아 있었다.

무위야 찾을 수 있다지만 마공의 폐해는 실로 심각하다.

마공을 마공이라 이야기 하는 이유가 무엇이던가.

그것은 익히는 자의 심성을 변질시키고 종래에 도덕적 관념마저 무시하게 만들기 때문이다. 그리고 그것이 의미하는 바는 명료하다.

마공을 찾는 순간 참회동 죄인들은 더 이상 과거의 그들과 같을 수 없게 된다는 말이다.

즉, 지금이야 각자 그 본성을 회복해 서로를 아끼고 있지만 마공에 물드는 순간까지 그것이 유지되리라는 법이 없다는 말이다.

그만큼 마공의 폐해는 실로 지독하다.

"헌데 나머지 문제는 어떻게 해결 할 것이요?"

무석은 살짝 근심어린 표정으로 물었다.

만약 마공의 폐해를 극복하지 못한다면 차라리 마공

을 되돌리지 않는 게 옳다.

묵현 역시 그런 무석의 염려를 동감하고 있었다.

그래서 고민했었다.

쉽게 해결될 문제였다면 진즉 해결되었을 문제라 더 그랬다.

그런데 문제의 답은 가까운 곳에 존재하고 있었다.

이는 마치 누가 짜 맞추기라도 한 것 마냥 절묘했다.

문제의 해결책은 묵혈지공이었다.

절대의 부동지심을 유지하게 해 주는 심공인 묵혈지공 앞에 그 어떤 마공도 감히 범접할 수 없다.

묵혈위사 고유의 무공이자, 그간 묵현이 수많은 사선을 넘어설 수 있게 된 결정적 요인이기도 한 묵혈지공에는 항상 평정심을 유지할 수 있게 하는 구결이 존재했다.

묵혈지공 전부를 풀어 가르칠 수는 없지만 그 정도는 개방해도 크게 문제가 되지 않는다. 심공의 요체가 아니라 그것에서 파생된 것이기에 그랬다.

"하나의 구결을 줄 것이오. 그것을 모두에게 익히게 하면 될 일이오."

이어 묵현은 묵혈지공에 존재하는 구결 하나를 풀어

이야기하기 시작했다.

 탁!

 무석은 들으면서 자신도 모르게 무릎을 쳤다.

 그만큼 실로 절묘하면서도 깊이 있는 심공 구결이었다.

 내공법문이 아니었기에 모두가 익힐 수 있는 것이고, 또한 모든 마공을 아우르고도 남을 구결이었다.

 이 정도면 충분하다 못해 넘칠 수준이라 할 수 있었다.

 평정심을 얻으면 그 무엇에 흔들리랴.

 무사에게 중요한 요건이 뭐 특별한 것이겠는가.

 고수에게 있어 쉽게 부화뇌동하여 요동치지 않을 정신만 해도 과거에 비해 한배 반은 더 강해질 요건이 충분했다.

 그러니 이는 단순히 과거 무위의 복원이 아니라 그보다 더한 발전이었다.

 무석의 얼굴에도 한결 편해진 표정이 떠올랐다.

 '희망'.

 누구에게는 쉽게 얻을 수 있는 것일 것이고, 누군가에게는 의지하는 유일한 것일 것이며, 또한 모두가 가슴에 품는 것, 무석은 지금 그것을 가슴에 품게 되었다.
 그만큼 묵현이 알려준 구결은 문제의 근원을 완벽하게 해결 할 수 있는 묘수라 할 수 있었다.
 이제 남은 것들은 크게 걸릴 게 없었다.
 아니 몇몇 소소한 문제가 있었지만 그것은 지금 해결한 난제에 비하면 아무 것도 아니었다.
 외양을 바꾸는 문제야 뭐 간단한 축골공으로도 해결할 수 있었고 그도 아니면 밖으로 나가 하오문을 통해 가볍게 수술하는 방법도 존재했다.
 물론 그렇게 할 경우 일정 금액이 소요되겠지만 그것은 크게 고려할 부분이 아니었다.
 다들 갑작스레 잡혀 와서 그렇지, 이들이 밖으로 나서면 당장 손에 건질 재산이 한 둘이 아니었다.
 그것 역시 각자 타인의 이름으로 주로 관리해 왔으니 그 중 절반은 능히 건질 수 있을 것이다.
 뭐 게다가 밖으로 나서는 일 역시 문제가 되지 않는다.
 이미 묵현이 오기 전부터 그 부분은 충분한 준비가 된 상태다.
 절대 외부와의 침입을 불허한다는 참회동 한 쪽에 깊

게 파내려간 통로.

 무석 자신의 기관진식 지식을 이용해 외부로 나갈 수 있는 최단거리로 만들어두었기에 무위만 찾으면 아직 뚫어내지 못한 곳도 충분히 뚫을 수 있다.

 힘을 잃어버린 상태에서도 지속한 일인데, 무공을 찾으면 그보다 훨씬 편하게 작업할 수 있었다.

 무석은 직감적으로 이제는 묵현을 인정해야 함을 느꼈다. 더 이상은 평대가 무용했다.

 묵현은 자신이 내 뱉은 말을 철저히 지켰고, 그것은 인정해야만 한다. 물론 관계의 시작이 비틀리기는 했었지만 그것은 이제 와서는 지극히 사소한 문제가 되어버렸다.

 참회동 죄인 모두가 꿈에도 바라마지 않던 일들이 실제로 이뤄진 셈이다.

 그렇기에 무석은 가만히 묵현에게 고개를 숙여보였다.

 "진심으로 모시겠습니다. 다시 인사드립니다. 삼가 불초 무석, 당신께 저를 맡깁니다."

 "……!"

 새삼스러운 무석의 반응에 묵현은 의외라는 표정을 지었다. 사실 이 정도 반응이 있으리라고는 생각지도 못했다.

아니 어차피 계약으로 이어진 관계였기에 거기에 뭐 더 생각하고 말 것도 없었다. 그런데 무석은 지금 자신에게 충성을 이야기하고 있다.

정녕 그리도 자신이 해결한 일이 갈망하던 것이었는지.

묵현은 가만히 고개를 마주 숙여 무석의 예에 말없이 답례했다.

무엇을 말하리오! 그저 진심이 통하면 족한 것을.

순간 둘 사이에 끈끈한 사내들의 감정이 오고갔다.

이어 무석은 다시금 입을 열었다.

"이제 남은 것은 제가 하겠습니다. 그 정도도 못하고서 어찌 천혜천뇌니, 진천마뇌니 하는 별호를 당당히 받겠습니까?"

묵현도 이제 남은 일은 걱정하지 않았다.

무석이라면 능히 그것을 해결하고도 남을 이였다.

게다가 자신 역시 이곳에서 엉덩이를 뭉개고 있을 시간이 없었다. 이제 모든 것을 얻은 이상 한시라도 바삐 움직여야 했다.

묵현은 가만히 고개를 끄덕여 무석에게 긍정을 표했

다. 그리고 신형을 돌려 움직이기 시작했다.

때를 같이해 무석이 전음을 보냈다.

"곧 알아서 찾아가겠습니다."

묵현은 그것을 끝으로 참회동을 벗어나기 시작했다.

걸음을 옮기는 묵현의 움직임은 거침없었다.

파밧!

절정에 이른 묵혈지안이 모든 것의 실체를 직관하며 길을 열었고 극성에 이른 묵룡보는 공간을 단축하며 순식간에 주위 경물을 지나쳤다.

"으음."

그리고 마침내 길고 길었던 참회동을 벗어나 밖으로 나섰을 때, 묵현의 입에서 작은 신음 하나가 새어나왔다. 그것은 갑작스런 빛의 유입에 자극받은 눈을 찌푸리며 나왔다.

아무래도 오랫동안 안에서 지낸 시간만큼 순간적으로 빛의 유입에 적응하지 못해서 그랬다. 게다가 극성에 이른 묵혈지안의 발휘로 자극이 더욱 큰 탓도 있었다.

그렇게 잠시 눈가를 찌푸리며 시간을 보낸 묵현이 다시금 걸음을 옮기려 할 때였다.

"나왔는가."

어느새 자리했는지 소림신승이 인자한 눈빛으로 묵현을 맞이했다.

묵현은 서둘러 고개를 숙여보였다.

노승은 그런 묵현을 대견하다는 표정으로 지그시 바라보았다. 그것은 묵현의 허리춤에 걸린 검에서 뿜어지는 기운을 느끼면서 더욱 그러했다.

막상 얻으라 했지만, 그것을 얻어낼 줄은 몰랐다.

그만큼 물건에 신성을 깃들게 하기란 쉬운 일이 아니다.

'……녀석.'

얻어도 아주 제대로 얻었다.

"그래 원하는 바는 다 얻었는가."

오늘따라 그 분위기가 무척 경건했다.

회자정리요, 거자필반이라.

만나면 헤어짐이 오는 게 당연하며, 또한 헤어짐 뒤에 다시 만남이 오는 법이라.

지금 노승은 묵현과의 이별을 말없이 이야기하고 있는 것이다.

"예, 남김없이 다 얻었습니다."

묵현은 그런 노승의 분위기를 읽고 그 역시도 깊게 읍

했다.

"근데 말이야……."

그러다 노승이 익살스런 표정을 갑자기 지었다.

"밑천까지 거덜 내는 것은 그렇다 쳐도 장소 자체를 망가뜨리는 것은 너무하지 않나?"

묵현은 그런 노승의 말에 자신도 모르게 뜨끔했다.

사실 자신이 주도해서 나선 것은 아니지만 무언으로 묵인한 사실을 벌써 알고 있을 줄이야.

과연 불가의 그늘은 넓고도 깊다.

"그 수리비는 내 나중에 청구하지."

결국 소림에 큰 빚 하나 졌다.

묵현은 그래도 손해는 아니라 생각했다. 그래서 흔쾌히 그러겠노라 고개를 숙인 후 다시 고개를 들었을 때는 아무도 없었다. 노승은 어느새 자리를 떴다.

아무래도 이별의 시간은 짧은 게 좋다 여긴 게 아닌가 싶었다.

묵현은 노승이 떠난 자리를 가만히 응시하다 이내 걸음을 옮기기 시작했다.

걸음을 옮기는 묵현의 가슴은 묘한 아쉬움과 묘한 여운으로 헝클어져있었다.

그만큼 소림이, 불가에서, 노승이 보여준 은혜는 가히 넓고도 깊어 길게 잔향이 남는다.

묵현이 막 참회동을 벗어나 소림의 경내로 들어섰을 때 어느새 자신의 기척을 느낀 것인지 묵룡사조가 전원 모여 있었다.

"교관님!"

모두가 반가운 표정으로 묵현을 맞이하는 순간.

"출발한다."

묵현의 입에서 짧은 명이 나왔다.

이제 이곳을 떠날 때가 되었다.

소림의 거대한 그늘은 안온하지만 자신들에게는 할 일이 있다.

'녀석……'

묵현은 가만히 속으로 자신의 동생을 떠올렸다.

동생을 만나러 갈 때다.

'잘 지내고 있냐?'

나이 차가 제법 났던 동생의 얼굴이 눈가에 아른거린다.

세가회.

그리고 남궁세가.

묵현의 시선은 어느새 아득한 그곳을 향했다.
 이윽고 묵현의 시선이 앞을 향한 순간.
 "합!"
 묵룡사조와 묵현의 입에서 동시에 기합이 토해졌고 그 길로 그들의 신형이 소림을 벗어나기 시작했다.
 안휘성, 검의 대지 남궁세가로.

第七章

형제조우(兄弟遭遇) 上

휙—휙—.
빠르게 주위 경물이 스쳐 지나간다.
길게 늘어지며 흩어지는 풍경.
묵현은 소림을 벗어난 순간부터 줄곧 말없이 움직이기만 했다. 덕분에 죽을 맛은 나머지 묵룡사조였다.
오랜만에 만나 반가운 마음을 채 표현하기도 전에 갑자기 묵직해진 분위기에 다들 숨조차 편히 쉬지 못하고 있었다. 그만큼 분위기가 무거웠다.
묵현 역시 그것을 모르는 바는 아니었다.
하지만 일부러 더더욱 침묵을 고수했다.

이는 단순히 동생을 만나러 가는 길이어서 그런 것이 아니다.

"합!"

자신이 없는 동안 이들 묵룡사조가 과연 얼마나 단련해 왔는지 시험해 보고 싶은 마음이 더욱 컸다.

무인에게 중요한 것은 그리 많지 않다. 그리고 묵현 자신이 생각할 때 가장 중요한 것은 일체의 흔들림조차 존재하지 않는 지극한 부동심이다.

아직 묵룡사조에게 묵혈지공의 심공을 전하지 않았으니 그 정도 수준을 바라는 것은 무리겠지만 그래도 일정 정도의 부동심은 당연히 가지고 있어야 한다고 생각했다. 그래서 일부러 잔뜩 분위기를 무겁게 만든 것이다.

꾸준한 압박, 서서히 지쳐만 가는 정신력.

자신이 의도한대로 묵룡사조는 점차 힘겨워하고 있었다.

그 어느 누구라고 지금과 같은 분위기가 계속 이어지면 버티기가 쉽지 않다.

하나 묵룡사조는 그럼에도 제법 잘 버티고 있었다.

이 정도면 어느 정도 만족할만한 수준이라 할 수 있었다. 문제는 묵현 자신의 기준에 그것은 만족할만한 수준이지 만족한 것이 아니라는 것이다. 그러다보니 정신적 압박의 강도를 더욱 세게 하고 있었다.
"끙!"
그러니 당장이라도 다들 퍼져버릴 것처럼 낯빛이 어두워졌다.
말없이 달리기만 하는 일은 일견 쉬워보였지만 쉽지 않음을 묵룡사조 스스로 절실히 체감하고 있었다.
그 중에 본래 성격이 가볍던 공만구가 버티는 걸 제일 힘겨워하고 있었다.
다른 이보다 경신술에 대한 조예가 깊은 그였지만 이런 분위기는 어렵다.
숨이 턱턱 막힐 것만 같은 적막감에 당장이라도 입을 열고 싶었다.
하나 그것을 그리하지 못하는 이유는 딱딱하게 굳은 묵현의 분위기 때문이다.
괜히 나섰다고 치도곤이라도 당할 것만 같은 분위기에 뭘 어떻게 할 수 없었다. 아무래도 원체 묵현에게 당한 게 많다보니 더더욱 그랬다.
'미치겠네! 아오!'
돌아버릴 지경이다.

대체 언제까지 이 지독한 침묵이 계속 지배할 것인지.

공만구는 슬쩍 주변의 동료들을 둘러보았다.

'네들도 같구나.'

본래 말 수가 없던 고방곤이나 그 무위가 뛰어나던 고하연, 공선화까지 다들 잔뜩 일그러진 표정을 짓고 있었다.

공만구는 한편으로는 위안을 받으면서도 한편으로는 묘한 서글픔이 느껴졌다.

대체 자신들이 어쩌다가 묵현을 만나서 이 고생을 하는 것인지.

분명 묵현 덕분에 자신들이 과거에 비해 월등히 발전할 수 있기는 했다.

그 점에 관해서는 천 번을 말해도 고마움을 이루 다 말할 수 없을 정도다.

하지만 그것은 그것이고, 이것은 아니었다.

사람이 적당히 할 줄 알아야지.

이것은 뭐 정당히 하는 것 자체에 대한 개념이 아예 없으니.

'학, 학.'

심적으로 피곤하니 몸도 피로하다.

숨이 당장이라도 턱 끝까지 치밀어 오를 것만 같았다.

그럼에도 버티는 것은 과거 마차에서 쫓기던 기억이 생생해서 그런 것이지, 만약 그런 최악의 경험이 없었다면 진즉 포기했을 지도 모른다.

물론 묵현의 입장에서야 포기란 단어를 모르겠지만 말이다.

그렇게 공만구가 묵현을 슬쩍 노려보며 혼자만 속으로 욕을 한참 하고 있을 때.

툭.

갑자기 묵현이 걸음을 멈추었다.

"헛!"

공만구는 행여나 자신이 욕하던 것이 들킨 건 아닌가 싶어 지레 겁을 먹었다.

너무 당황하여 목 밑까지 붉어졌다.

그런데 다행이도 묵현은 그런 공만구를 쳐다보지 않았다.

스윽.

묵현은 미간을 찌푸리며 검파에 손을 댔다.

스르릉.

이어 유려한 움직임으로 검을 꺼내들었다.

검집에 마찰되며 명쾌한 소리가 울렸다.

묵현은 검을 쥔 상태로 전면을 노려보며 입을 열었다.

"선자불래라……."

그리고 그제야 상대의 기척을 감지한 나머지 묵룡사 조도 재빨리 자신의 무기를 들었다.

스르릉, 스릉.

각기 다른 마찰음과 함께 공간에 토해진 검들.

묵현은 그런 그들의 경거망동함에 미간을 찌푸렸다.

분명 빠른 반응은 칭찬받아 마땅하다.

하나 문제는 이들이 지금 상대를 발견하자마자 보인 행동들이다. 그것은 마치 무언가에 화들짝 놀란 것 같은 볼썽사납지 않은가.

"쯧."

자신도 모르게 혀를 차며 묵현은 다시금 전방을 향해 자신의 존재감을 뿜어냈다.

이는 일종의 기세 싸움이었다.

"누군지 모르겠으나 나와라."

묵직하게 깔린 묵현의 목소리.

굳이 드러내고 목소리를 높이지 않더라도 충분히 위협적이다. 일체의 감정이 배재되었기에 위협감은 더 컸다.

사나운 개는 짖지 않는다.
다만 으르렁 거릴 뿐이다.
진정한 맹수는 소리를 크게 내지 않는다.
단지 존재감으로 모두를 압도할 뿐.
약자만이 소리를 크게 내어 그 존재를 알린다.
그렇기에 지금 묵현의 목소리에 실린 기세는 묵직하면서도 위험했다.
정제된 예기.
이는 누구도 쉽게 뿜어낼 수 있는 것은 아니다.
그것도 부지불식간 자유롭게 사용할 수 있다는 것은 단순히 고수라 가능한 게 아니다. 지독한 수라장과도 같은 사선을 여러 번 넘은 자만이 가지는 기질이다.
긴장과 이완.
두 개의 상반된 상태를 오가야하는 이들.
오직 그들만 지닌 지독하고도 절제된 살기가 바로 이것이다.
게다가 묵현은 이러한 살기를 무척이나 농밀하게 구사할 수 있는 인물이었다. 그만큼 묵현, 그가 걸었던 길은 처절한 혈로의 연속이라 할 수 있었다.
굳이 말로 표현하지 않아도 공간을 장악해버린 살기.

꿀꺽.

묵룡사조는 그런 묵현의 기세에 자신도 모르게 잔뜩 긴장했다.

묵현이 이렇게 기세를 피워 올린다면 상대 역시 만만찮을 게 분명했다.

아니 그것을 떠나 지금 묵현의 기분이 무척이나 안 좋아 보였다.

그도 그럴 것이 다른 것도 아니고 동생을 만나러 가는 길을 방해받았으니 그럴 수밖에 없다.

"권주를 마다하고 벌주를 택하겠다면……."

묵현의 잇새로 차가운 미소가 드리워진다.

화악!

이어 검에서 뻗어나간 기운이 대기를 갈랐다.

"내가 가지."

잠자던 야수가 포효하듯 묵현의 기세가 폭발적으로 증가했다.

쿵!

강하게 앞으로 밟는 진각.

대지가 진동하며 잘게 떨려온다.

휘익—.

동시에 묵현의 신형이 쏘아졌다.

 쾅!

 쏘아진 신형의 잔영이 채 사라지기도 전에 들려온 폭음.

 묵룡사조는 어떤 것도 할 수 없었다.

 묵현의 움직임은 눈으로 좇기도 힘들었다. 그만큼 묵현의 행동은 과감했고 재빨랐다.

 쏘아졌다 싶은 순간, 이미 묵현의 두 다리는 화려하게 교차하며 움직였다.

 쾅! 쾅!

 그저 소리로만 정황을 이해할 수 있을 뿐 그 어떤 것도 눈에 잡히지 않았다.

 그리고 폭음이 채 끝나기도 전에 묵현의 다리가 또 다시 공간을 갈랐다.

 소림에서 얻은 묵혈위사만의 비기.

 차마 그 짙은 혈기에 당당히 남길 수 없었던 일격필살의 기예, 묵혈마각!

 그것의 초현이었다.

 "쿨럭!"

 이는 상대 역시 예상치 못한 공격이었다.

분명 검을 빼어들었기에 검으로 상대하리라 생각한 탓에 제대로 된 대응도 못하고 있었다.

묵광 묵현이라고 하면 다들 그 검예를 기억한다.

그런데 지금 묵현의 모습은 그것과 너무 달랐다.

누가 지금 묵현의 모습을 보고 그가 검예의 고수라 할 것인가.

지극한 권각의 달인이라 해도 믿을 판이다.

쾅!

"크아악."

상대가 혼란스러울수록 묵혈마각의 마수는 더 날카롭다.

묵현의 신형이 흩어지고 사라졌다 모습을 드러내는 그 짧은 순간, 순간.

쾅! 쾅!

공간을 가르며 모습을 드러내는 다리.

"제길!"

너무도 속수무책으로 무너지는 바람에 이들을 이끌던 수장의 얼굴이 잔뜩 일그러졌다.

회에서 이야기를 들었지만 이정도로 강할 줄은 몰랐다.

아니 알았다면 애초에 막아서지도 않았을 것이다.

이게 다 자신의 불찰이다.

'회윤! 정녕 네 놈은……'

회주의 심복이라고 자처하는 자의 농간에 자신이 놀아난 꼴이질 않은가.

게다가 자신은 조공이다.

주공은 이미 세가회를 향해 떠났다.

오늘 부로 세가회를 접수하기 위해 회는 자신에게 하나의 임무를 맡겼다. 바로 그것이 묵광 묵현, 그의 진입을 저지하는 일이었다.

죽이는 것도 아니고 그저 막아만 달라?

그것은 자신의 입장에서 굴욕과도 같은 말이었다.

그래서 오히려 나선 김에 숨을 거두리라 마음먹었건만 이게 다 모두 회윤, 그 자의 농간처럼 느껴졌다. 그렇지 않았다면 자신이 이리도 쉽게 말려들지는 않았을 것이다.

그래도 일단 임무는 임무다.

자신이 맡기로 한 이상 막아야 했다.

회가 남궁세가를 접수하는 순간까지는 어떻게는 시간을 끌리라 결심했다.

비록 그 결과가 전원옥쇄라고 해도 말이다.

"전원 산개해서 진형을 수습하라!"

이대로 밀집되어 있다가는 전멸이다.

그것도 허무하게 아무런 피해도 강요하지 못한 채 녹아버리고 말 것이다.

그렇기에 부득불 산개하는 게 옳았다.

물론 산개하는 순간 개개인의 무위가 낮기 때문에 각개 격파 당하겠지만 선택지가 없다.

이렇게라도 시간을 끌어야 한다는 사실이 분했다.

몸서리쳐질 만큼 괴로웠다.

진한 자괴감이 온 몸을 휘감았다.

근본이 없다하여 늘 놀림 당하며 업신여김을 감내해야 했던 선조들을 뵐 면목이 서질 않았다.

하나 그렇다고 긍지를 버릴 수는 없다.

잡가(雜家).

모든 사상을 가슴에 품은 위대한 사상.

자신에게 그것은 절대 진리요 하나의 종교다.

"타!"

보여줄 것이다.

잡가의 사내가 그리 못나지 않았음을.

"오라! 내가 바로 산동의 적인검 무량이다!"

산동을 떨쳐 울렸던 이름, 적인검(赤刃劍).

붉은 칼날 위에 춤추는 것은 오직 죽음이라.

바람을 가르고 생을 거두었던 그 찬란한 움직임이여.

무량의 검이 번뜩이며 묵현의 빈틈을 노렸다.

창!

하나 묵현에게 그것은 하루살이와도 같은 발버둥이었다.

겨우 이 정도에 쓰러질 것이었지만 진즉 한줌 재가 되어 스러졌을 것이다.

파박.

묵현의 검이 비틀리며 무량의 몸을 허공으로 띄웠다.

"헛!"

무량은 설마 이런 수로 자신의 공격을 무위로 돌릴 줄은 몰랐다.

그저 힘과 힘의 격돌만 생각했지 극성에 이른 차기미기의 수법이라니!

무인이라면 절로 경탄이 터져 나올 정도로 대단한 수법이었다.

하나 마냥 그것을 감탄만 하고 있을 수는 없다.

게다가 이대로 쉽게 당한다면 잡가의 긍지가 덧없어진다. 무량은 이를 악물었다.

"흡!"

한줌 공기를 머금은 순간, 무량의 몸이 공중으로 더욱 높게 올라섰다.

이는 잡가가 수많은 사상을 교류하며 발전시킨 하나의 비전이었다.

공중부양의 술.

한줌의 숨만 있다면 능히 몸을 허공에 띄울 수 있는 기이한 수법.

"……!"

이번에는 묵현이 놀랬다.

설마하니 상대가 이렇게 피할 수 있을 줄이야.

썩어도 준치라고 어찌된 것이 이들 칠성회의 인물들은 하나 같이 기이막측하다.

경험해보지 못한 수법들이 매번 튀어나오니.

"합!"

하나 두렵지는 않다.

제아무리 많은 수법이라도 결국 그 원형은 죄다 묵천혈경에 거둬진 상태다. 그 실체를 꿰뚫고 있는데 무엇이 두려우랴.

극성에 이른 부동지안, 묵혈지안이 무량의 움직임을 좇았다.

허공을 유영하여 공격을 피한 후 다시금 자신을 노리는 무량의 검 끝을 지그시 노려봤다. 그리고 이어 바닥을 박찼다.

팡!

옷이 찢어질 것처럼 펄럭였다.

묵현의 신형은 포탄처럼 허공으로 쏘아졌다.

대기의 마찰은 무시한 움직임.

짓쳐 들어가는 검의 궤적 끝에 무량의 목이 존재한다.

무량은 재빨리 양손을 모았다.

짝! 짝! 짝!

손바닥이 마주하며 나는 손뼉소리.

"……?"

묵현의 눈가에 의문이 떠올랐다.

자신의 공격을 피하지 않고 단순히 손뼉만 친다?

능히 묵현 자신의 공격을 막을 수 있는 자신이 있던지, 아니면 자신이 또 모르는 수가 존재할 것이다. 그렇지 않고서 피하지 않는 것은 있을 수 없는 일이다.

묵현은 잠시의 의문을 이내 털어버리고 곧바로 검을 휘둘렀다.

그것은 묵현이 평소 자주 애용하던 수법이다.

한계를 뛰어넘는 속도, 공간을 뛰어넘은 기세.

절정의 묵룡섬이 신기루처럼 모습을 드러냈다 사라졌다.

섬광이 명멸하며 작은 빛 무리를 만들었다.

묵현의 손에 들린 검은 쏘아진 살과도 같아서 거침이 없다.

번뜩!

신성을 부여한 후 처음 사용하는 싸움.

묵혈신검의 굳센 의지가 이를 드러냈다.

누구도 거칠 것 없으며, 누구도 베지 못할 것이 없어라.

은은하게 일렁이던 기운이 폭사하며 모습을 드러냈다.

그것은 어둠의 끝자락, 심연에 존재하는 묵빛.

신검이라 일컬어지는 것들이 괜한 것이 아님을 보여주듯 묵혈신검에서 뻗어난 기운이 순식간에 무량의 신형을 노렸다.

극한에 이른 쾌검, 그리고 한 발 더 나아가 쏘아진 기운.

일반적인 무인이라면 절대 피하지 못할 공격이었다.

문제는 무량이 일반적이지 않다는 사실이다.

무량이 괜히 손뼉을 친 게 아니다.

잡가에는 다양한 비예가 전해진다.

그 중 하나가 바로 이 손뼉 치기였다.

손과 손이 마주하며 대기가 마찰한다.

짝!

일반적인 소리, 하나 그 안에 담긴 역도는 특별하다.

두 개의 상반된 힘을 손 안에 응축하여 마찰과 함께 부딪히며 만들어낸 거대한 힘의 여파가 마치 하나의 파문이 동심원을 그리며 퍼져나가듯 공간을 장악하고 있었던 것이다. 그리고 그것과 묵현의 기운이 부딪혔을 때 순간 엄청난 반발력이 생겨났다.

콰광!

"쿨럭!"

묵현의 신형이 쏘아진 것보다 더 빨리 바닥으로 곤두박질 쳤다.

고스란히 힘의 여파 안에 들어간 터라 충격이 컸다.
'과연!'
이랬으니 그토록 오랜 세월 치열하게 싸워올 수 있었을 것이다.
그 어느 누구 하나 만만한 상대가 없다.
방금의 공격 역시 전혀 생각지도 못한 방식이다.
힘의 반발력을 이용할 줄이야.
"큭."
누가 과연 생각이라도 했겠는가.
묵현은 입가에 간헐적으로 묻은 피를 소매로 훔치며 다시 검을 곧추세웠다.
우웅!
묵혈신검 역시 방금 전 공격이 분했던지 작게 울었다.
"젠장!"
무량은 그런 묵현의 상태를 보고 실망했다.
방금 전 충돌이라면 능히 상대를 완전히 굴복시킬 수 있으리라 생각했다. 그만큼 의외의 한 수였고, 회심의 노림수였건만 상대가 받은 충격은 극히 미미한 수준이었다.
빙글.

결국 무량은 허공에 띄웠던 몸을 한 바퀴 돌아 뒤로 물러섰다.
이래서는 곤란했다.
아니 이대로는 자신의 필패가 확실시 된다.
"그래, 어디 끝까지 가 보자!"
무량은 밑천 타 털어내기로 마음먹었다.
잡가의 장점이 뭐던가.
누구보다 다양한 수법을 가지고 있다는 점이다.
어느 하나의 사상에 얽매이지 않았기에 가능한 일이다.
잡가, 혹은 통천 손가.
회의 중심세력인 손가에서 비록 자신이 말석을 차지하고 있지만 그렇다고 잡가의 힘이 약한 것은 아니다. 그랬으면 진즉 물러섰을 것이다.
잡가는 강하다.
손가의 강함은 단지 그 하나의 예일 뿐.
"후우, 하아."
무량은 크게 숨을 들이 쉬었다.
만에 하나라도 자신이 살 것이라는 생각을 품었었다.
하나 이제 그 모든 것을 버렸다.

자신도 죽고, 적도 죽인다!

죽음을 각오한 이상 무량에게 거칠 것은 없었다.

으득.

한 가지 마음에 걸리는 것은 바로 회윤, 그자에 대한 원이다.

가문 내 세력 다툼을 이런 식으로 끌고 들어오다니.

'만약 내 여기서 살아나간다면……'

그렇지 않았다면 보다 멋진 대결을 했을 텐데.

그랬으면 이토록 볼품없이 수하들이 개죽음 당하는 일은 없었을 것을.

'반드시 네놈만큼은 내가 죽인다!'

무량은 스산한 눈으로 서서히 기운을 폭발적으로 운용했다.

몸에서 돌고 도는 내기의 흐름이 점차 거세지며 온몸의 근육이 부풀어 올랐다.

이어 손에 쥔 검에도 무량의 기운이 연결되어 넘실댔다.

붉은 칼 날 위 있다면 오직 상대의 죽음 뿐.

적인검의 이름값처럼 검날을 잡고 늘어선 붉은 기운들.

묵현은 그런 무량을 살피며 자신 역시 천천히 검에 힘을 불어넣었다.

지금 상대는 외치고 있다.

단지 행동이지만 묵현은 그리 들었다.

나도 무인이다!

묵현은 그 기세를 존중하기로 결심했다.

스윽.

다시금 검이 뒤로 물러서며 모습을 드러낸 묵현의 입가로 미소가 그려진다.

그것은 상대가 비록 적일지라도 그 기세를 마주한 순간 묘한 흥분이 신경을 지배하기 시작했다는 의미였다.

의기를 가진 무인과 겨루는 일.

검 끝에 모든 것을 건 무인들에게 그것은 축복과도 같은 일이다.

묵현은 지금 이 순간을 즐기기로 마음먹었다.

검을 곧추세우고 마음속에도 하나의 검을 만들었다.

심상이 만들어 낸 검의 예기를 갈고 갈았다.

어차피 승패를 가르는 것은 한 순간이다.

묵현은 서서히 상대를 향해 공격할 준비를 했다.

잔뜩 응축된 근육이 비명을 질렀다. 곧 당장이라도 터질 것 같은 힘의 역도 앞에 응집된 힘의 파장이 전신을 울렸다.

무량은 그런 묵현의 기세를 느끼고는 가만히 고개를 끄덕였다.

피아를 떠나 상대의 존중이 기꺼웠다.

상대가 인정한 순간, 자신이 죽더라도 그건 개죽음이 아니다.

의미도 없는 덧없는 죽음이 아니란 사실 만으로도 충분했다.

잡가, 그 비전 절예 중 무량이 가진 힘은 지독한 화기에서 비롯된 힘이다.

화르륵.

붉디붉은 기운이 대기를 달궜다.

뽀얀 수증기가 피어오르며 자욱한 안개가 내려앉았다.

무량의 의지에 따라 넘실거리며 움직이는 화기의 꼬리가 매캐한 연기를 만들었다.

그리고……

번쩍!

화염이 폭발하며 무수히 많은 불꽃이 묵현을 노리고 쏘아졌다. 그 뒤를 무량의 신형이 쫓으며 그의 검에 실린 화기 역시 묵현을 노렸다.

지독한 화우(火雨).

세상을 다 태워버릴 것 같은 기세는 가히 기경할 풍경이라 할 수 있었다.

겁화혼(劫火魂)이라 불리는 수법이었다.

영혼마저 살라버릴 지옥 불.

모든 것을 정화하려는 것처럼 사방 천지 가득 매워버린 화염의 향연은 어디고 피할 곳이 없었다.

있다면 그저 부딪히는 일뿐.

묵현은 보다 진하게 웃었다.

생각했던 것 보다 더 한 상대의 공격이 짜릿하게 만들었다.

신경을 자극하고 관통하는 감각.

서슬 퍼런 광경 앞에서도 묵현은 흔들리지 않았다.

상대가 피할 수 없는 공격을 해 왔다면 자신 역시 그러하면 될 일이다.

"합!"

세상 모든 것 위에 군림하는 거대한 묵룡.

광포한 묵룡을 막을 자 누가 있으랴.

콰과과과과광!

묵현의 기운이 미칠 듯이 대기를 찢어발기며 쏘아진 하나의 궤적.

눈앞을 막아선 모든 것을 압도하는 거대한 존재감이 검이 그리는 길을 따라 하나의 형상을 만들었다.

크아아앙!

마치 당장이라도 포효할 것 같은 묵룡의 숨결이 거칠어 진 순간.

하늘을 가득 매운 불꽃이 묵현이 그려낸 묵룡과 부딪혔다.

……!

순간 그 어떤 소음도 들리지 않았다.

너무도 큰 격돌에 미쳐 소리가 들리기도 전에 충격파가 먼저 불었다.

이어 길게 이어지는 폭발음.

콰과과과과과과과과광!

그것은 지켜보던 모든 이가 주저앉아 귀를 부여잡게 할 만큼 컸다. 하나 묵룡의 군림 앞에 한낱 화기는 상대가 되지 않았다.

묵룡검 제 팔초, 후 육식 중 두 번째 초식.

묵룡강림.

갈고 닦으며 고련했던 묵현의 검예가 이 한 번에 다 담겨있었다.

후욱—.

충격의 여파는 뒤늦게 나타났다.

대기가 길게 말려 올라가며 순간적으로 진공 상태가 되어버렸다.

휘이잉.

그리고 이어진 공기의 유입이 거친 바람을 만들며 주변에 자욱한 흙먼지가 피어올랐다.

이어 자욱했던 흙먼지가 가라앉자 드러난 광경은 참혹했다.

바닥에 깊게 파인 격돌의 자국, 사방에 비산되며 바스러진 잔재가 바람에 실려 휘날렸다.

단지 이것뿐이었다면 놀라운 광경이지 참혹하다 하지는 않았을 것이다.

하나 바닥에 깊게 파인 구덩이 속에 분분히 조각난 살점들과 핏 방울은 보는 사람으로 하여금 절로 헛바람을 들이키게 할 만큼 가공했다.

오롯이 홀로 서 있는 묵현.

우웅.

그리고 그의 손에 들려 잘게 울고 있는 묵혈신검.

세상은 오직 둘만 존재하는 것만 같았다.

그만큼 사위가 조용했다.

투둑. 투둑.

하늘에서 잘게 쪼개진 육편이 비처럼 쏟아지기 전까지 누구 하나 소리를 내는 이가 없을 정도로 적막이 흘렀었다.

바닥에 분분히 떨어지며 마지막을 고한 무량의 잔재들.

극한에 이른 힘의 충돌이 가져온 결과였다.

묵현은 그 모든 것을 무심한 시선으로 바라보았다.

승부의 결착은 자신의 승리로 끝났다.

누가 고수요, 누가 하수랴.

어차피 둘의 차이는 극명했다.

하나 마지막까지 무량, 그의 모습은 당당했다.

묵현은 그가 진정한 무인이었음을 기억했다.

비록 적으로 만났지만 인정한다.

그렇게 무량, 묵현 둘의 싸움이 끝났을 때 나머지 역

시 묵룡사조에 의해 정리가 끝나 있었다.

간간히 반항하던 인간들도 방금 전 격돌 이후 급격히 사기가 무너지며 이내 하나씩 정리되었다.

"컥!"

이어 마지막 단말마의 비명이 새어나온 후 장내에 서 있는 사람은 묵현과 묵룡사조를 제외하고는 아무도 없었다.

척.

묵현은 그때가 되어서야 자신의 검을 검집에 챙겨 넣었다. 잠시 죽은 망자에 대한 소고와 함께 그를 보내기 위해 멈췄었다. 그리고 무량, 그가 남긴 마지막 전언에 대해서도 그 진위에 대해 생각해 보았다.

무량이 죽기 전에 자신에게 전한 말.

'칠성회! 그들이 세가회를 노렸단 말인가! 진정!'

그것이 사실이든 아니든 사실 상관이 없다.

어차피 자신은 동생을 만나러 남궁세가로 가는 길이었으니. 하나 무량의 말은 그런 자신의 마음을 더 급하게 만들었다.

무량 자신들이 이곳에 남은 것은 다름 아닌 묵현 때문이라는 말이 계속 신경을 거슬렸다.

발길을 붙잡기 위해 스스로 목숨을 내던졌다는 그 말이 당장이라도 남궁세가에 뭔 일이라도 생길 것 같은 불안감을 심어주었다.

 으득.

 묵현은 이를 악물었다.

 설령 신이라도 만약 자신의 동생에게 해를 입힌다면 용서할 수 없다.

 '완아……'

 묵현은 더욱 뜨거운 눈길로 동생이 있을 남궁세가 쪽을 바라보다 입을 열었다.

 "출발한다!"

 아직 길은 끝나지 않았다.

第八章

형제조우(兄弟遭遇) 下

묵현은 마음이 급하지만 그렇다고 무리하지는 않았다.

절대의 부동지심, 묵혈지공은 언제나 차가운 이성을 잃지 않게 만들어준다.

무리하면 나중에 힘들어진다.

하나 그렇다고 무작정 안전을 위해 신중한 것은 아니었다. 약간의 무리, 최소한의 안전장치, 묵현은 둘 사이의 균형을 묘하게 잡으면서 움직였다.

획―획―.

주위 경물을 빠르게 스치고 지나가는 신형에는 그런 묵현의 아슬아슬한 줄타기가 담겨있었다.

짧은 거리를 이동할 때는 경공이 유리하다.

더군다나 고수의 경신술은 준마의 속도를 넘어선다.

하지만 장거리에서는 제아무리 고수라고해도 말을 타고 이동하는 것에 비할 바가 아니다.

이는 사람이라면 응당 휴식이 필요하고, 게다가 경신술을 쉬지 않고 쓴다는 것은 내력의 소비가 주기적으로 이뤄져 결국 중요한 때에는 그 힘을 제대로 쓸 수 없다는 말이 된다.

그렇기에 고수라고 해도 장거리 이동 때는 항상 말을 이용한다.

칼 날 위를 걸어가는 무인에게 생사의 다툼은 언제나 있는 일상이었으니, 언제든 불의의 일에 대비하기 위해서다.

그리고 그것이 고수와 하수를 나누는 경계이기도 했다.

언제나 항상 최상의 상태를 유지하고자 하는 자기 절제의 마음가짐.

바로 그것이야말로 상승의 경지에 오를 수 있는 무인의 기본이기 때문이다.

그런 의미에서보자면 지금 묵현과 묵룡사조가 야산을

넘고 경공을 펼쳐 이동하는 것은 분명 잘못된 일이라 할 수 있었다.

정체가 온전히 드러나지 않은 암중 흉수가 존재하는 이상 그렇게 행동해서는 안 되는 일이었다.

물론 안휘에 위치한 남궁세가와 하남의 소림은 그리 멀지 않은 거리라고 해도 한 성의 경계를 넘어서는 만큼 그리 만만하게 볼 수 있는 거리가 아니었다.

그런데도 불구하고 이리도 경공을 펼쳐 길을 나선 이유는 오직 하나였다.

극도의 은밀성.

묵현은 그것만 생각했다.

경공을 펼쳐 주위 이목에서 벗어나 이동한다는 것이 가지는 장점은 바로 그것이었다.

지금은 일단 자신의 행보가 알려져서는 안 되었다.

무량이 죽으면서 남긴 전언 때문이라도 철저히 감춰져야 했다.

상대는 이미 남궁세가를 노리고 있다고 했다.

그렇다면 아마도 자신이 그곳에 도착할 때는 뭔가 일이 생겨있을 지도 모른다.

묵현은 스스로 자신들의 패를 회심의 역전패로 생각

했다.

아마도 세가회는 방비하지 않고 있을 것이다.

누가 감히 그들의 앞마당에서 그들을 노리랴 생각하는게 당연하다.

그것이 명문의 자존심이요, 또 지금까지 그 세를 유지한 원동력이 아니겠는가.

그렇기에 세가회는 아마도 고스란히 칠성회의 기습에 노출될 가능성이 컸다.

제아무리 대단한 단체도 갑작스런 기습에 곧바로 대응하기는 어려울 터.

그렇다면 싸움의 양상은 세가회에게 불리하게 작용할지도 모른다.

더군다나 자신이 이미 경험하지 않았던가.

이들 칠성회의 인물들이 얼마나 기경할 위인들인지.

상식의 틀을 벗어던진 독특한 수법.

그것이 단지 독특만 하다면 문제가 되지 않는데 문제는 이들의 수법이 기경하면서도 그 여파는 간단치 않다는 데 있었다.

당장 무량만 해도 그렇다.

그가 펼쳐 보인 화기의 향연은 묵현 정도나 되어야 막

아내지 그렇지 못한 무인이라면 고스란히 재가 되고 말 정도로 강력했다.

묵현은 그런 사정을 감안해서 은밀한 기동을 결정한 것이다.

칠성회의 모든 이목이 세가회를 향하고 있을 때 그 뒤를 덮치려는 심사에서였다.

또 걱정거리는 그것만이 아니다.

세가회에 먼저 잠입시켰던 묵운성에게서 연락이 끊어졌다.

딱히 중요한 것은 아니지만 이것 역시 신경이 쓰였다.

게다가 묵운성이 설마하니 묵완을 못 알아볼 리 없다. 그렇다는 것은 연락이 끊긴 것이나 자신에게 묵완의 존재를 언급하지 않은 것에 뭔가 곡절이 있다는 말이다.

만약 그렇지 않았다면 대홍연에서 무장원이 된 묵운성이 자신에게 연락을 하지 않을 가능성이 없다.

그렇기에 조용히 움직이는 묵현의 얼굴에도 긴장의 빛이 떠올랐다.

덕분에 야음을 틈타 이동하고 해가 뜨면 잠을 자는 생활의 연속이었다.

지금 묵현과 묵룡사조의 모습은 영락없는 사냥꾼이라

할 정도 오랜 야숙에 몰골이 말이 아니었다.
 그것은 여성인 공선화나 고하연도 다를 바가 없었다.
 따로 씻을 시간이 없으니 그 몰골이 추레한 것은 당연했다. 하지만 형편없는 복색과 달리 묵현의 두 눈은 여전히 형형한 빛을 뿜어내고 있었다.
 덕분에 죽어나가는 것은 여전히 묵룡사조였다.
 그들이 어디 묵현만한 무력을 지닌 것도 아니고 그렇다고 이 정도로 강행군을 해 본 적이 어디 있겠는가.
 이제 겨우 강호를 나와 칼 밥이란 것을 조금 알게 되었는데 고생이란 고생을 벌써부터 지독하게 하고 있으니, 다들 미칠 것만 같았다.
 과거 묵룡위가 되기 위한 시험을 치르기 전에는 부푼 꿈을 꾸던 청춘들이었다.
 그것이 꼭 찬란한 영광의 길이 아니더라도 최소한 이 정도는 아니리라 생각했다.
 그러나 현실은 지독한 시궁창이요, 지옥이 바로 옆이다.
 간간히 휴식을 취하기는 했다.
 하지만 그것은 말 그대로 개미 오줌보다 못한 휴식일 뿐, 진정한 의미의 휴식은 아니었다.

공만구는 생각했다.

진정 이대로가 좋은 것일까?

묵현이 지금 왜 서두르는지 자신도 잘 알고 있다.

그래, 물론 그것이 옳다.

하지만 이건 진정 사람이 사는 게 아니다.

시큼하다 못해 텁텁한 냄새는 이제 아주 인에 박혔다. 코가 다 마비될 정도로 지독했다.

그것은 여자들도 마찬가지다.

아니 이제 공선화나 고하연이 여자로 보이지도 않는다.

고약한 향을 잔뜩 풍기며 얼굴 가득 얼룩으로 가득한 모습을 보니 흥이 떨어진다.

'하아.'

그러나 어쩌리요.

주먹이 곧 법이요 힘이 진리인 것을.

감히 묵현에게 반항할 엄두가 나지 않았다.

게다가 묵현의 눈치를 보건데 겨우 이 정도를 가지고 무리했다고 생각하는 것 같지도 않다.

충분히 쉴 거 다 쉬고 있다고 생각하는 눈치다.

그러니 어쩌겠는가.

공만구는 그저 속으로 또 불만은 삼키며 슬며시 묵현의 눈치를 슬쩍 살폈다.

그런데 그때였다.

"적당히 하자."

묵현의 시선이 바로 자신에게 꽂혔다.

게다가 말하는 의미가 뭔가 섬뜩하다.

"예, 예?"

공만구는 얼른 아무 것도 모르겠다는 표시를 했지만 묵현에게 그것은 통하지 않을 애들 장난이나 마찬가지였다.

"네 얼굴에 불만이 가득 해 보이는데 그것도 적당히 하자."

묵현의 얼굴에 스산한 미소가 떠올랐을 때 공만구는 절규했다.

'망했다!'

묵현이 보통 이런 표정을 지으면 항상 그 뒤 끝이 좋지 못했다.

아니나 다를까 이내 주변의 친우들에게서 흉흉한 눈빛이 쏘아졌다. 어디 그것뿐이랴.

챙!

성질 급한 고하연은 어느새 절정에 이른 쾌검으로 공만구의 목젖에 검을 가져다 대었다.

찌릿!

그 날카로운 눈매에 공만구는 자신도 모르게 움찔했다.

"아, 하하."

뭔가 멋쩍은 웃음을 흘렸지만 그것은 이내 허공에 사라졌다. 그리고 묵현이 그런 그들을 향해 악마의 미소를 드러냈다.

계속된 공만구의 불만어린 표정 덕분에 묵현의 뇌리가 한결 깨끗해졌다.

절대의 부동지심으로 냉정을 찾고 있다 생각했지만 자신도 모르게 간과하고 급하게 진행된 감이 없잖아 있었던 것이다.

게다가 몸이 편하면 항상 정신이 말썽을 일으킨다.

이는 고래로부터 내려오는 절대의 진리다.

묵현은 순간 자신이 왜 그것을 기억해내지 못했나 자책했다.

본래 안휘까지 오는 여정에 묵현은 이들 묵룡사조의 단련을 계획하고 있었다.

그런데 그것을 잠시 잠깐의 일로 잊고 있었던 것이다.

씨익.

묵현의 이가 드러났다.

"생각해보니 조금 급했던 것 같군."

공만구는 속으로 절규하며 절대 아니라고 고개를 저었지만 이미 철지난 행동이다.

이미 묵현의 결심이 굳어진 이상 그것을 번복할 생각이 없었다.

"앞으로는 수련과 병행해서 진행한다."

묵현은 말이 끝나기 무섭게 묵운보를 밟았다.

파바박.

사방을 점하며 흩어지는 수십 개의 신형들.

스스슥.

이어 묵현의 손이 묵룡사조의 전신을 스치고 지나갔다.

통점과 내력에 관련된 몇 가지 혈을 짚은 것이다.

이는 묵천혈경에 적혀있던 수법으로 인간의 잠재력을 극한까지 끌어내기 위해 고안된 수법이었다.

통각이 무뎌지고 내력의 수발이 극도로 줄어들며 순수한 육체의 힘, 즉 본연의 선천지기를 자극하게 해 주는 수련이라 할 수 있었다.

"어엇!"

"어머!"

"헉!"

묵룡사조는 갑자기 찾아온 변화에 다들 대경했다.

갑자기 감각이 무뎌지고 내력 수발이 현저히 떨어지게 되면 느껴지는 기이한 느낌.

무력하고 힘이 빠진 것 같은 허탈감이 찾아왔다.

무인에게 있어 내공이란 마치 공기와도 같이 자연스러운 것이라 더더욱 그러했다. 하나 묵현은 묵룡사조가 갑작스런 변화에 적응할 시간을 주지 않았다.

"지금부터 더욱 은밀하게 이동한다. 또한 휴식은 없다. 오직 순수하게 정신력으로 모든 것을 극복하는 것이 이 수련의 중점이다. 인간 본연의 한계를 깨치는 그 날까지 달려라!"

묵현은 외침과 함께 살벌하게 검을 휘둘렀다.

적당한 위협이 필요했음이다.

"너, 너, 너 때, 때무, 문이야!"

고방곤이 공만구를 노려보며 외쳤다. 그리고 뒤이어진 모두의 힐난, 하지만 공만구는 그것에 대꾸할 여력이 없었다. 아니 대꾸 자체를 생각 안 했다.

자신이 괜한 화를 불러일으킨 셈이니 뭐라 대꾸하겠는가. 이럴 때는 그저 쥐 죽은 듯이 있는 게 좋았다.

그리고 그저 달리고 달렸다.

달리고 달리다보면 언젠가는 이 지독한 지옥이 끝나기를 빌며.

* * *

인간에게 있어 통점이 가지는 의미는 지대하다.

아픔을 느끼지 못하면 좋을 것 같지만 실은 그렇지 않다.

통점을 마비했다는 이야기는 즉, 인간이 지닌 본연의 방어기재를 완전히 무력화 시켰다는 말이 된다. 이는 문제가 된다.

인간은 언제나 자신의 생존에 대해 본능적으로 방어하려는 본능이 있다.

그런데 그러한 본능을 무디게 만들었으니 제 아무리 생명에 위협이 찾아와도 그것을 느끼지 못하게 되는 것이다.

이는 무인의 경우라면 거의 최악의 결과를 만들어낸다.

무인들에게는 오감뿐 아니라 직관적 느낌, 직감이라 일컬어지는 감각이 중요하게 작용할 때가 많다. 상대와 싸울 때도 그렇고 스스로 초식을 펼칠 때도 그렇고 직감에 의해 가장 바른 길을 찾아갈 수 있는 것인데, 지금 묵현이 실시한 수련은 그것을 버리게 한 것이다.

진정 극한의 한계까지 몰아치기 위해서다.

본능이 무뎌지니 힘들어도 그것이 고통스럽다는 것을 느끼지 못했다.

덕분에 묵룡사조는 죽어라 자신의 한계를 오직 정신력으로 느낄 수 밖에 없었다.

모든 감각이 죽고 나니 정신이 육체를 지배한다.

육체의 모든 기관이 삐걱대며 비명을 지르고 있음은 느끼게 된 것이다.

그러다보니 보다 효율적으로, 보다 완벽한 움직임을 자신들도 모르게 추구하게 되었다.

발을 한 번 내딛을 때도 항상 힘의 분배를 생각하게 되었고, 경신술을 펼치면서도 간헐적으로 유동하는 진기의 흐름을 붙잡으려다보니 기의 수발이 보다 내밀해졌다.

 묵현은 그런 묵룡사조의 상태를 보며 수련의 강도를 적절히 조절해나갔다. 그리고 그 덕분에 잠시라도 동생에 대한 걱정을 마음에서 놓을 수 있었다.

 그런다고 문제의 본질이 해결되는 것은 아니지만 지금은 보다 냉정해져야 했다.

 적의 정체를 전부 모르는 가운데 묵현, 그가 선택할 수 있는 최선이 바로 이것이었다.

 그렇게 안휘의 남궁세가가 지척으로 보이는 곳까지 이동했을 때가 되어서야 묵현은 처음으로 묵룡사조 전원에게 휴식을 주었다.

 이제 지금부터는 최상의 몸 상태를 만들어야 했다.

 스스슥.

 묵현의 손이 움직였고 묵룡사조를 억눌렀던 족쇄가 풀렸다. 통각이 돌아왔고, 이어 내공의 수발이 본연의 상태가 되었다.

 순간 누가 먼저랄 것도 없이 묵룡사조의 입에서 비명이 터졌다.

 "크아아악!"

 "아악!"

"어우어우!"

 통각을 개방한 순간, 그간 억눌렸던 고통이 한 번에 몰려온 것이다.

 묵룡사조는 때를 같이 해 기이한 경험을 할 수 있었다.

 그간 날카롭게 벼렸다 생각했던 모든 감각이 보다 예민해졌다.

 그리고 몸 안에서 유동하는 기의 흐름이 보다 명확히 선연히 보였다.

 이는 그간의 수련으로 얻은 하나의 수확이다.

 물론 진정한 수확은 따로 있었다.

 "음?"

 "……!"

 "어머!"

 다들 입에서 탄성을 토했다.

 기가 유동하며 돌고 돌면서 어디서 생겨났는지 모를 보다 끈적끈적한 기운이 그 뒤를 따른다.

 선천지기.

 인간이 태어날 때 타고나나, 그것을 이용할 길이 없다고 알려졌던 바로 그것이다.

몸의 혈맥을 타고 도는 기운의 약동함이 느껴졌다. 그리고 자신들이 내가기공을 통해 가공해 낸 기운과 다른 느낌을 느꼈다.

뭐라고 해야 할까? 그것은 마치 아지랑이와도 같아서 언제든 바람이 불면 사라질 것 같은 간질이는 느낌이면서 또 한 편으로는 무척이나 활동적인 힘이었다.

묵룡사조는 그제야 본능적으로 느낄 수 있었다.

자신들은 과거와 달라졌다.

과거 온전히 펼치지 못했던 수많은 무리들이 머릿속에서 명멸하며 화려한 불꽃을 피웠다.

지금이라면……그래, 지금이라면 능히 그것들을 펼칠 자신이 생겼다.

그만큼 잠깐의 수련이 만들어 낸 변화는 무척이나 컸다.

묵현은 그런 그들의 모습을 흐뭇하게 봤다.

생각했던 것 보다 그 효과는 더 좋았다.

아니 좋다는 말로 표현하기 어려울 정도로 극상의 효과를 지녔다.

문제는 이렇게 성장시키기 위해 그것을 세밀히 살필 수 있는 사람이 존재해야 한다는 것이지만 그것이야 뭐 일단 자신이 있으니 크게 문제가 되지 않았다.

게다가 조금만 더 궁리하고 가공하면 나머지 묵룡위에게도 적용이 가능할 것 같았다.

이것으로 묵가의 힘이 더욱 커졌다.

묵현의 머리에 가득 찬 생각이 바로 그것이다.

언제고 묵가를 복원하는 순간, 그 누구도 묵가의 그늘을 밟지 않게 하리라.

겸애의 정신을 지닌 묵가에게 그것이 어울리지 못할지 모른다.

하나 묵현은 결심했다.

그렇다고 하더라도 묵가의 그늘이 강함을 보여줄 것이다. 다시는, 다시는 같은 일로 분노하고 싶지 않다.

이제 어느 정도 생경한 감각에 적응했다 생각한 묵현은 묵룡사조와 함께 주변의 개울가로 갔다.

적에게 통쾌한 일격을 가하는 것을 위해서는 반드시 선행되어야 하는 것이 있다.

그것은 다름 아닌 몸에 베인 지독한 냄새를 말끔히 씻어 없애는 일이다. 묵현은 먼저 스스로 호법을 자청해 여자들부터 씻게 했다.

공만구가 열심히 경신술을 펼쳐 훔쳐보려했지만 철통

같은 묵현의 수비 앞에 그것은 불가능했다.

그렇게 약간의 소동이 지난 후 묵현은 자신을 필두로 나머지 묵룡사조를 이끌고 개울가에서 몸에 베인 냄새를 지워나갔다.

이제 남은 것은 남궁세가로 들어서는 일이다.

진정 무량의 말이 맞을지, 아니면 그렇지 않을지.

어떤 결과라도 상관없다.

묵현에게 세가회는 중요하지 않다.

묵운성과 묵완만 안전하다면 나머지는 개의치 않는다.

"가자."

묵현은 어스름한 하늘을 보다 입을 열었고, 그 길로 묵룡사조가 신형을 날렸다.

*　　　　*　　　　*

"적이다!"

누군가의 입에서 나온 외침일까.

평온했던 남궁세가의 밤을 깨운 것은 찢어질 것 같은 비명소리였다.

"크아아악!"

동시에 남궁세가의 어둠은 순식간에 사라져갔다.

명문의 힘이란 바로 이런 데서 나온다.

적의 침입에도 남궁세가의 무사들은 절대 경거망동하지 않았다.

물론 이미 기습적인 공격에 유기적인 움직임을 보일 수는 없었지만 그렇다고 일방적으로 물러서지는 않았다.

의기천추!

남궁의 의기는 그리 간단치 않다.

불의에 항거하며 정의를 수호하겠다는 남궁세가의 검들이 곳곳에 번뜩이며 적도를 막아섰다.

피비린내 나는 싸움이 시작되었다.

사방으로 날아드는 검 너머 바닥을 가득 매운 진한 혈향, 순식간에 피가 바닥을 질퍽하게 만들었다.

그만큼 적도들의 공격은 전격적이었고 거셌다.

챙!

"네놈들은 누구냐!"

노성에 찬 검사들의 외침에도 불구하고 적들은 묵묵부답이었다.

복면으로 가려진 얼굴, 그리고 일체의 신분을 짐작하기 어려운 복색, 게다가 노골적으로 남궁세가를 노렸음을 알 수 있는 몇 가지 정황들, 불문곡직 검부터 날린 것이나 다들 정체를 일부러 감추었다는 느낌이 강하게 들었다.

  게다가 지금 공격을 하는 적도들의 무공에는 특별한 초식이 보이지 않았다.

  베고, 휘두르고, 찌르는 가장 단순한 기본 동작으로만 공격은 이뤄지고 있었다.

  이는 더더욱 정체를 감추겠다는 구린 의도였다.

"창천!"

남궁세가의 검사들은 더더욱 분기를 참지 못했다.

누군가의 선창이었을까.

악처럼 느껴지는 외침!

"무궁!"

이어진 화답.

남궁세가의 검사들이 지금 분노하고 있었다.

  자신들의 상처에서 흐르는 피에, 그리고 죽어간 동료의 애통함에.

  하나 필사적인 남궁세가의 반격에도 적들의 기세는 전혀 줄어들지 않고 있었다.

  원체 그 숫자도 많았으며 무사들의 질 역시 무시할 수

준이 아니었다.

 쾅! 쾅!

 공격은 그것만이 아니었다.

 곳곳에 던져지는 화탄.

 남궁세가의 건물이 불에 휩싸였다.

 한 치의 오차도 없이 조직적으로 움직이는 적들의 공격은 치밀했고 끈질겼다.

 성난 파도처럼 밀려오는 공격 앞에 남궁의 푸른 의기가 점점 빛을 바래갔다.

 절정의 검수들이 분전하고 있지만 그것도 무리 앞에 작은 움직임이다.

 모든 게 적들의 의도대로 이뤄지고 있었다.

 지금! 남궁세가가 저물어간다.

 서서히, 마치 늪에 빠진 것처럼 그렇게 남궁세가는 벗어날 수 없는 수렁에 빠져 허우적대기 시작했다.

 그리고 그것을 가만히 지켜보며 회심의 미소를 짓는 사람이 있었다.

 "흐음. 괜찮군."

 살랑살랑 부채를 쥐었다 폈다 하며 전장의 긴박함과는 상관없는 여유를 즐기고 있는 사내. 바로 이 자가 모든 일의 주재자였다.

그리고 또한 무량이 말했던 바로 그였다.

손회윤.

통천 손가의 책사.

사실 지금까지 칠성회의 행사로 보면 지금의 행사는 파격이라 할 수 있었다.

그것도 그럴 것이 칠성회는 언제나 어둠에 흐르는 하나의 흐름이었다.

암류.

그런 칠성회가 변화가 생긴 이유는 단 하나다.

완전히 몰살했다 생각한 독가의 건재함이 자극된 것이다. 게다가 그러던 찰나 북천이 완전히 칠성회의 손에서 벗어나버렸다.

회는 이 일을 심각하게 생각했다.

정국을 주도하던 하나의 축이 붕괴된 셈이니 어찌 가벼울까.

결국 회는 하나의 결단을 내리기로 했다.

그것은 세가회의 힘에 의한 종속이다.

지금까지와 다르게 순수한 힘으로 제압하겠다는 생각을 하게 된 것이다.

사실 회가 가진 무력이 그 정도로 충분한 것은 아니지만 적절히 기습의 묘를 살리면 충분하리라는 계산이 지금 이 모든 일을 행동하게 만들었다.

 그 덕에 언제나 어둠에만 잠겨있던 손회윤, 그가 직접 나섰다.

 이번 일은 완벽한 조율이 필요했기에 누가 대신할 수 없어서다.

 손회윤은 그게 불만이었다.

 '쩝, 조하숭 그자만 건재했다면 괜찮았을 것을.'

 만약 북천에서 군영각에 투입된 인원 전부가 폭사하지만 않았더라면…….

 "하아."

 생각할수록 입 안이 썼다.

 이래저래 묵가와는 진정 지독한 악연이다.

 늘 자신들의 대계를 방해하는 종자들.

 손회윤은 일단 이번 일만 마무리되면 그들 먼저 없애리라 결심했다.

 하나 그는 몰랐다.

 지금 손회윤, 그를 노리는 묵빛 사자가 두 눈을 번뜩이며 달려오고 있음을.

*		*		*

어둠을 틈타 비조처럼 날았다.
멀리서도 보이는 화광이 마음을 급하게 만들었다.
하지만 서두르지는 않았다.
묵현은 신속하면서도 차분하게 진형을 살폈다.
그러다 누군가의 존재를 찾을 수 있었다.
그것은 진형 전체를 조율하고 있는 자였다.
순간 느낌이 왔다.
'저자다!'
무량이 이야기한 사람, 회윤이라 불리는 그가 분명해 보였다.
묵현의 기세가 거칠어졌다.
'잡는다!'
반드시 잡아야 할 흉수였다.
무량이 말했다.
묵가의 궤멸에는 저자의 농간이 가장 컸다고.
으드득.
묵현의 눈에서 시퍼런 광망이 토해졌다.

"크허엉!"

분노에 찬 묵룡후가 사방을 울리며 진동했고, 동시에 묵현의 손에 들린 검이 빛에 감싸졌다. 동시에 묵룡사조 역시 신형을 날렸다.

쾌속의 전진!

묵룡사조는 움직이며 하나의 완벽한 진형을 이룬 채 나아갔다.

쾅!

싸움의 시작은 묵룡사조가 먼저 열었다.

이미 묵현은 그 자리를 벗어나고 없었다.

묵현의 목표는 오직 하나, 손회윤이었기에 중간에 거치적거리는 이들을 최단기간 제거하며 쑥쑥 앞으로 나아갔다.

"뭐, 뭐야!"

앞을 노려보던 자들에게 갑작스런 기습은 혼란을 가져오기 충분했다.

그것도 전혀 생각지도 못한 뒤에서 날아온 공격에 다들 헛되이 목숨을 잃었다.

게다가 작은 파문 하나가 이내 진형 전체를 흔들었다.

그것은 심리적 요인이 크게 작용했다.

아무래도 뒤가 안전하다 생각했던 터라 그것이 무너지자 다들 앞 뒤 분간을 할 수 없어져서 더 그랬다.
 덕분에 남궁세가를 향한 공격의 고삐가 조금 느슨해졌다.
 이는 실로 절묘한 시기였다.
 때를 같이해 굳게 닫혀있던 남궁세가의 내원이 그 문을 열었다.
 콰광!
 남궁세가의 진정한 정예들이 드디어 모습을 드러낸 것이다. 제일 선두에 서서 무시무시한 검강을 뿌리는 이는 가주 창궁검협 남궁혁이었다.
 절정에 이른 검강은 우수수 적들의 수급을 일거에 날려버렸다.
 뒤이어 모습을 하나씩 드러내는 고절한 남궁세가의 노검사들 역시 그에 못지않았다.
 싸움의 흐름은 이 한 번의 변화에 확 변해버렸다.
 그것은 누구도 막을 수 없는 노도와도 같은 흐름이었다.
 세가주를 필두로 한 절정의 검수들이 펼치는 진정한 남궁 검학의 절예들.

어느 것 하나 절예가 아닌 게 없고 어느 것 하나 평범한 것이 없다.
 뻗으면 검강이요 휘두르면 검사니.
 그렇게 싸움의 전권이 뒤틀려진 상황에서 손회윤은 그 어떤 것도 조취할 수 없었다.
 그것은 오직 단 하나의 존재 때문이다.
 쾅!
 막으면 부순다.
 묵혈마각의 가공할 살기에 앞을 가로막았던 무사의 상반신이 터져나갔다.
 "막아! 막으란 말이다!"
 손회윤은 당황해 크게 소리를 질렀지만 속수무책이었다.
 단 일인의 무위가 이렇게나 가공할 것이라고는 가히 상상도 못했다.
 그만큼 지금 묵현이 보이는 모습은 가공했다.
 분노한 맹수의 울부짖음이 이러할까.
 묵현은 일체의 자비도 베풀지 않았다.
 일수에, 일격에 하나의 생이 저물었다.
 덕분에 손회윤은 전장의 상황을 제대로 통제하지 못

하고 있었다.

 남궁세가에 이 역시 호기로 작용했다.

 그러나 이대로 물러설 손회윤이 아니었다.

 다소의 당황으로 제대로 된 판단을 내리기 미비한 상황이었지만 아직 냉정을 잃지 않았다. 그리고 이내 하나의 깃발을 들어올렸다.

 칠성개문기(七星開門旗)!

 애초 이곳에 오기 전에 정한 일종의 신호였다.

 만약 상황이 여의치 않으면 그간 정체를 감추던 것을 버리고 본신의 실력을 다 발휘하라는 최후의 비책.

 그것은 싸움의 흐름을 바꾸는 소리였다.

 "모두 실력을 감추지 마라!"

 "칠성개문기가 날아올랐다!"

 "통천의 힘을 개방하라!"

 각기 다른 무사들의 외침이 이곳저곳에서 울려 퍼졌다.

 그러자 완벽히 남궁세가로 기울었던 추가 다시금 팽팽해졌다.

 완벽한 혼전이 도래한 것이다.

 본신의 실력을 무사들이 발휘하자 예전처럼 쾌속무비 적들을 쓸어버리던 남궁세가의 고수들의 앞을 막아서는 이들이 생겨났다.

그것은 남궁세가의 고수들만의 이야기는 아니었다.

묵현의 앞도 그러했다.

제각각의 고수들이 그들이 지니고 있던 기이한 비예를 하나씩 풀어내기 시작했다.

어떤 이가 노래를 부르자 갑자기 바닥에 깔린 수많은 씨앗들이 순식간에 자라며 묵현의 진로를 방해했고, 또 어떤 이는 음양혼돈의를 들고 진언을 외며 하나의 진을 구축하기도 했으며, 또 어떤 이는 절정에 이른 환검을 선보이며 앞을 막아섰다.

모두가 고수였고, 모두가 쉽게 상대하기 어려운 기학들을 펼쳤다.

쾅! 쾅! 쾅!

묵현은 그럼에도 물러서지 않았다.

무엇이 막건 두렵지 않다.

당대의 묵혈위사가 바로 자신임을 입증하듯 상대가 강해진 만큼 묵현의 손속도 더 강렬했다.

상대의 관절을 뽑고 신경을 끊어버리는 묵룡박!

일격에 목숨을 거두는 절정의 살예 묵혈마각!

거대한 묵룡을 그려내기 시작한 묵룡검!

누구도 그 고절한 절예를 막아서지 못했다.
이윽고 손회윤은 직감적으로 자신이 묵현을 피하기 어렵다는 사실을 직감적으로 깨달았다.
그리고 그간 감춰왔던 자신의 진면목을 드러내야 할 때가 되었다는 것 역시 알았다.
으득.
하여간 저 빌어먹을 종자들이 늘 문제다.
과거에도 그랬고 언제나 자신들의 발목을 잡는 건 묵가다. 손회윤은 다 만들어놓은 밥상이 엎어지는 꼴을 보며 분노했다.
"놈!"
휘적휘적 나서며 손회윤의 음성이 쩌렁쩌렁 울렸다.
"진정 네놈들은 없애야 할 족속들이구나!"
회의 대계를 망친 이들을 용서하지 않으리라.
손회윤은 묵현을 향해 차가운 시선을 드러냈다.
그리고 그것은 묵현 역시 마찬가지였다.
"흥!"
묵현에게도 손회윤은 잔악한 원수일 뿐이다.
스르릉.
먼저 묵현의 검이 움직였다.

빛이 번쩍이며 쏘아진 절대의 쾌검!

하나 상대는 겨우 그 정도에 물러설 사람이 아니었다.

책사라는 그림자에 자신을 감췄지만 사실 손회윤의 무위는 회에서도 일절로 뽑혔다. 그런 손회윤에게 단순한 쾌검은 애들 장난과 같았다.

팅!

한 번의 손짓으로 묵현의 검을 퉁겨냈다.

그리고 이어 손회윤의 손이 허공에 검결지를 짚어냈다.

스윽.

공간을 갈라버리는 손회윤의 일수는 깔끔했다.

하나 이 역시도 묵현의 수준에서는 그야말로 애들 장난과도 같았다.

사실 지금 주고받는 한수는 일종의 탐색전 성격이 강했다.

비록 손회윤의 손에서 펼쳐진 한수가 고절한 기예이기는 했지만 그의 진신절학이 아니듯 묵현 역시 마찬가지였다.

손회윤이 펼친 수법은 저 운남 너머 천룡사에서 전승되어오던 기검의 무리를 빌어 탄생한 무공이었다.

하나 그렇다고 해도 결국 그 본질은 기검이었으니 묵

현의 입장에서 그것보다 피하기 쉬운 게 또 어디 있겠는가.

사물의 실체를 꿰뚫는 극성의 묵혈지안 앞에 그것은 그저 그런 검법과 다를 바가 없었다.

손회윤 역시 그러한 사실은 알고 있었다.

다만 그것을 인정하고 싶지 않았을 뿐이다.

이제부터 본격적인 시작이다.

먼저 움직인 것은 손회윤이었다.

둥실.

손회윤의 몸이 바람을 타기 시작했다.

바람을 이용하고 바람으로 가른다!

풍살보라 불리는 통천 손가의 절학이다.

움직임 하나로 공, 수 전체를 아우르는 손회윤의 움직임은 기기묘묘했다. 바람을 본떴기에 현묘했으며, 표홀한 움직임은 신비롭다.

픽! 픽! 픽! 픽!

공간을 점하며 사라졌다 나타나는 손회윤의 빠른 움직임에 묵현이 택한 것은 묵운보였다.

본디 묵운보는 유려한 흐름이 뛰어난 보법이지만 묵룡위 누구나 익히는 기본공이라 할 수 있었다.

사실 손희윤의 풍살보에 비춰보면 한참 부족한 게 사실이다.

그런 묵운보지만, 이미 태를 벗은 묵현의 손에 새로 정립된 묵운보는 달랐다.

구름의 움직임처럼 허허로웠으며 바람에 따라 휘날리듯 가벼웠다.

쫓고 쫓는 싸움.

묵현은 그 와중에 한 번씩 묵룡섬을 펼쳤다.

챙!

싸움은 단 한 번에 승패가 갈린다.

그리고 그 순간은 지극히 짧은 순간에 찾아온다.

묵현은 지금 그 찰나를 만들기 위해 일부러 묵룡섬을 펼치는 중이었다.

작은 흐트러짐이면 족하다.

문제는 손희윤 역시 그리 만만찮은 이라는 사실이다.

그렇게 둘의 싸움이 언제고 계속될 것만 같았다.

그만큼 묵현과 손희윤, 둘이 벌이는 싸움은 가히 용호상박이라 할 만큼 서로 한 치의 양보도 없었다.

그런데 그때였다.

쿠과과과과쾅!

갑자기 엄청난 폭음이 울려 퍼졌다.

스팟!

때를 같이해 묵현이 신형을 날려보았지만 손회윤의 앞섶을 자르는데 그쳤다.

"와아아아아아!"

동시에 울려 퍼지는 함성 소리.

묵현과 손회윤, 둘은 누가 먼저랄 것도 없이 주변을 살폈다.

갑작스런 전장의 변화가 의아스러웠기 때문이다.

그런 둘에 비친 풍경은 충격이었다.

"……!"

"어, 어찌……!"

묵현은 전장의 중심에 선 사내를 보는 순간 놀랬고, 손회윤은 지리멸렬하다시피 무너져 내리는 칠성회의 무사들을 보며 망연자실했다.

팽팽했던 전장의 흐름을 바꾼 것은 한 사내와 그의 지휘를 받는 일단의 무사들이었다.

"손방 두 걸음! 감방 앞으로 전진!"

사내, 아니 묵현이 그토록 보고자 했던 그의 동생 묵완의 입에서 지시가 떨어지고 무사들이 진형을 새우니 칠성회 무사들이 제대로 힘도 못쓰고 쓰러지고 있었다.
기사라면 기사였다.
으득.
"병가의 잡놈들이 나섰단 말인가!"
손회윤은 묵완이 펼치는 병진을 보고 바로 알아차렸다.
그것은 바로 병가가 자랑하던 만병천금진(萬兵天擒陳)이다. 만 가지 병기로 하늘마저 가둔다는 가공할 절진이 펼쳐진 이상 싸움의 향배는 불을 보듯 뻔했다.
손회윤은 재빨리 판단했다.
이대로 있다가는 모든 것이 수포로 돌아갈 가능성이 높아보였다.
게다가 병가의 등장을 회에 알려야 할 의무도 있었다.
손회윤은 재빨리 싸움의 전권에서 벗어났다.
"놈! 멈춰라!"
그것을 묵현이 막아서려했지만 도주하는 그의 발걸음은 신묘했고 재빨랐다.
물론 잡으려 들면 못 잡을 것은 아니었다.
하나 묵현은 다음으로 미뤘다.
지금은 갑자기 나타난 동생의 안위가 더 궁금했다.

갑자기 병가라니! 대체 그것이 무슨 말인가.
더군다나 동생이 지휘하는 병진의 선두에 모습을 드러낸 이는 다름 아닌 묵운성이었다.
어찌하여 연락이 없었나 했더니…….
모든 게 궁금하고 의문이다.
파박!
묵현은 재빨리 동생이 있는 곳으로 몸을 날렸다.
그리고 크게 외쳤다.
"완아!"
비로써 두 형제가 조우하는 순간이었다.

*   *   *

모든 일이 끝났다.
칠성회의 야욕을 막아섰고 세가회의 위란도 물리쳤다.
게다가 꿈에도 그리던 동생도 재회할 수 있었다.
물론 동생을 통해 자신의 외할아버지가 얼마나 묵가를 싫어하는지 새삼 느꼈지만 그것은 그리 큰 일이 아니었다.
그리고 일이 끝난 직후 무석에게 연락이 왔다.

자신들은 모든 준비를 마쳤다고.

이제 더 이상 묵가의 사람들이 정처 없이 방황할 이유가 없다.

그리고 이번 일로 알게 된 사실이 있다.

칠성회.

그들의 힘은 자신 혼자 어떻게 할 수 있는 규모가 아니었다.

묵현은 이제 다시금 삼천현으로 돌아갈 시기가 되었음을 직감적으로 느꼈다.

뒤를 예비해야 할 시기였다.

이미 흉수의 정체를 밝혀낸 이상 남은 것은 그들과의 치열한 전쟁 뿐이다.

묵현은 그날로 모든 묵룡위들을 삼천현으로 소집했다.

자신 역시 길을 나서 삼천현에 들어섰다.

묵현이 삼천현에 들어선 순간, 어느새 모였는지 나머지 묵룡위들이 전원 모여 있었다.

휘이잉―

싸늘한 바람이 볼에 와 닿는다.

지나간 시간만큼 삼천현의 모습도 예전 같지 않다.

이미 인적이 끊긴 지 열 두 달이 지나가고 있었으니 그것은 당연한 일이다.

마을 가득 메우던 인기척도, 그리고 훈훈했던 온기도 찾을 수 없는 싸늘히 식어버린 대지. 묵현은 묵묵히 잊지 않으려 그 광경을 보고 또 보았다.

하나하나 가슴에 새기고 머리에 각인하며 지금은 볼 수 없는 희생자들의 넋을 되새겼다.

잊지 않을 것이다.

아니 어찌 잊을 수 있으랴.

가슴에 품은 한이 쉬이 지워질 리 없다.

그러나 이제는 보내줘야 한다.

혈사에 얼룩진 이곳을 그대로 방치할 수는 없었다.

눈에 넣어봐야 그저 가슴 아픈 광경일 뿐이다.

무엇보다 상대는 누대를 이어오던 거대한 집단이다.

이번에야말로 반드시 끝을 내야 한다. 대 물림 되어온 그들과의 악연, 묵현은 반드시 그것을 자신의 손으로 종지부를 찍겠다고 마음먹었다.

더 이상은 아니었다.

피와 피로 이어진 비릿한 원한을 후대에까지 물려주고 싶지 않았다.

본디 묵가는 수성을 그 기본으로 해 왔다.

하나 그것은 소극적인 방법이다.

묵현은 이 피의 고리를 끊기 위해 보다 적극적인 방법이 필요하다 생각했다. 그리고 그것을 위해 무엇보다 중요한 것은 바로 이곳, 묵가의 근원지가 안전해야 한다.

겸애의 정신으로 산 결과가 삼천현의 혈사다.

이게 모두 다 안일했던 생각에서 비롯된 것이다.

묵현은 보다 큰 그림을 그리고 있었다.

진정 수성이 묵가의 전공이라면! 이번에는 그 누구도 침입할 수 없는 절대의 철옹성을 구축하리라.

대지 가득 메운 황량한 집터.

곳곳에 남은 그 날의 흔적들.

스윽.

묵현은 손을 들어 올렸다.

이제 모든 것을 가슴에 묻는다.

'......안녕.'

그것은 자신이 태어나고 자랐던 고향에 대한 마지막 인사였다.

묵현의 손이 내려가며 대기하고 있던 묵룡위들의 손에서 횃불들이 날아올랐다.

화르륵.

뿌연 연기와 함께 곳곳에 불이 붙었다. 그리고 이내 활활 타오르며 시야를 가득 매운 검고 매캐한 연기 속에 누대를 거쳐 이어진 삼천현이 한줌 재가 되기 시작했다.

"흑!"

누군가의 목소리였을까.

타오르는 정경을 보던 묵룡위들 하나, 둘 자신도 모르게 붉어진 눈시울을 훔치며 고개를 돌렸다.

스스로 고향을 지워버리는 일은, 모두의 가슴에 크나큰 상처가 되었다.

그것은 묵현도 마찬가지였다.

가슴 깊이 박혀버린 화인.

'다시는…다시는!'

그리고 그 날.

세상을 향한 묵가의 전쟁이 시작되었다.

칠성회, 그 지독한 악연을 끊기 위해.

〈제6권 접전(接戰)에서 계속〉

http://www.bbulmedia.com